知っているときっと役に立つ

古典学習クイズ55

杉浦重成・神吉創二・片山壮吾・井川裕之著

春はあけぼの。

秋は夕暮れ。

夏は夜。

冬はつとめて。

黎明書房

まえがき

古文や漢文を学ぶことは、これまでの日本人が培ってきた生活や精神、その考えの一端を知ることに通じます。これまでの長い歴史の中で優れた文学作品が生まれ、伝えられ、現在に至っています。

平成二十年三月に文部科学省から告示された『学習指導要領』の「国語」の中にも、「伝統的な言語文化」に関する事項が含まれています。

小学校低学年の昔話や神話、伝承に親しむことから始まり、中学年では、やさしい文語調の短歌や俳句について、情景を思い浮かべたり、リズムを感じ取りながら音読や暗唱をしたりすることが挙げられています。さらに、高学年では、親しみやすい古文や漢文、近代以降の文語調の文章について内容の大体を知り、音読すること、古典について解説した文を読み、昔の人のものの見方や感じ方を知ることが挙げられています。

中学校ではさらに進んで、文語のきまりや訓読の仕方を知り、音読や朗読をすることで古典の世界に触れ、親しみ、さらにはその世界を楽しむことが内容に盛り込まれています。

しかし、古文や漢文には、ふだんの私たちの生活には馴染みの薄い言葉遣いや文章、言い回し、表記法などが少なくありません。理解するのに煩雑さを感じてしまうこともあるかもしれません。そこで、本書では、古典の世界に気軽に近付くことができ、親しみ、楽しみながら学べる様々な工夫を施しました。順番にページをめくっていただいても結構ですが、面白そうなところから、目に入ったところから、気になったところから、気軽に読んでいただけると嬉しく思います。

本書が一助となり、皆さんの目の前に美しい古典の世界が広がることを願ってやみません。

なお、カタカナのルビは、現代の読み方を示しています。

編集部の吉川雅子さんのご協力とご援助、黎明書房の皆様のお蔭をもちましてこのような一冊の本として刊行する運びとなりました。著者一同、深謝致します。

平成二十一年五月

慶應義塾幼稚舎教諭　杉浦重成・神吉創二・片山壮吾・井川裕之

目次

II

俳句のクイズ 45

Ⅲ 古文のクイズ 83

Ⅳ 漢文のクイズ 109

I

短歌（和歌）のクイズ

花の色は移りにけりないたづらに
わが身世にふるながめせしまに

★短歌いきなりクイズ――枕詞を見つけよう

和歌《わか》（短歌《たんか》と和歌の関係については、一〇ページ参照）では、枕詞《まくらことば》という、あとに続く言葉を導き出す飾りのような言葉があります。たとえば、

［ひさかたの］光《ひかり》のどけき春《はる》の日《ひ》にしづ《ズ》心《ごころ》なく花《はな》の散《ち》るらむ《ン》　紀友則《きのとものり》

＊のどかな春の光の中、どうして落ち着きもなく桜の花は散るのだろう。

の「光」という言葉を導き出す「ひさかたの」という言葉です。

では、①～⑤の傍線の言葉を導き出す［　］に入る枕詞を、囲みの中からさがしてください。

①［　　］明日香《あすか》　※明日香…今の奈良県にある地名。

②［　　］母《はは》

③［　　］命《いのち》

④［　　］山《やま》

⑤［　　］出雲《いずも》　※出雲…今の島根県東部。

あしひきの　やくもたつ　とぶとりの　うつせみの　たらちねの

答えは一一五ページ

1 あかあかやあかあかあかや——短歌の成り立ち①

次の短歌は、鎌倉《かまくら》時代《じだい》のお坊さんの明恵《みょうえ》のものです。

短歌は、合計三十一拍《はく》(音《おん》)の言葉で作られるのが原則ですが、歌には心地よいリズムがあります。

では、この短歌の三十一拍を、何拍ずつに区切っていくとよいでしょうか。

区切れるところで改行してみてください。そして、どんな意味の歌なのか考えてみましょう。


あかあかやあかあかあかやあかあかやあかあかあかやあかあかや月《つき》

ヒント

「かあかあ」と鳴いているのではありません。

「やあ」と呼んでいるのでもありません。

「あか」で区切ってみてください。

「あか」は、赤い色の「あか」ではなく、明《あか》るいという意味の「あか」です。

答え

三十一拍（音）を区切ったところで改行すると、次のようになります。

あかあかや　・・・五
あかあかあかや　・・・七
あかあかや　・・・五
あかあかあかや　・・・七
あかあかや月　・・・七

この歌は、「**明るいなあ、ああ明るいなあ、明るいなあ、ああ明るいなあ、今夜の月は。**」という意味です。「明るい」という表現をこれほどくり返して使うくらいに明るい月なのですから、季節は秋の満月のころでしょうか。リズミカルで楽しい歌ですが、決してふざけて作った歌ではありません。

このように、三十一拍を、「五・七・五・七・七」に区切ったことで、流れがよくなります。意味もこの拍数で区切れるように作られています。

◆短歌は「五・七・五・七・七」と区切るのが原則で、『万葉集』では、おさめられた歌の九割以上がこの「五・七・五・七・七」のスタイルです。歌には五音と七音を「五・七・五・七・七」以外のスタイルで組み合わせて作られているものもあり、すべてが和歌と呼ばれていました。五音と七音の組み合わせによる言葉のリズムが、口調としてなじみやすく、昔の人は心情を文としてでなく歌として表す伝統がありました。『古今和歌集』には「世の中の人が心に思っていることを、見たこと聞いたことに託して表現したもの」が和歌である、と書いてあります。

その後、しだいに、和歌と言えば「五・七・五・七・七」のスタイルの歌のことをさすようになりました。そして、明治時代に和歌の新しい作り方のルールや形ができあがり、あらためて短歌と呼ばれるようになりました。

2 短歌は「五・七・五・七・七」――短歌の成り立ち②

短歌は「五・七・五・七・七」と区切られます。良寛《りょうかん》さんの「この里《さと》の桃《もも》の盛《さか》りに来《き》てみれば流《なが》れに映《うつ》る花《はな》のくれなゐ《い》（この村の桃の花がいっぱい咲いている時に来てみると小川に映る桃の花の赤のなんと美しいことか。）」という歌も、左のように「五・七・五・七・七」の拍《はく》(音《おん》)でできています。

五　七　五　七　七

このさとの　もものさかりに　きてみれば　ながれにうつる　はなのくれなゐ

では、次の三つの短歌の□の中に入る言葉を、ア～ウから選んでください。一ますは一拍を表します。

① この宮《みや》の森《もり》の木下《こした》に□□□□□遊《あそ》ぶ春日《はるひ》はくれずともよし　良寛

＊このお宮の森の木下で・・・・・遊ぶ春の日は暮れなくてもよい。

② 山《やま》ねむる山《やま》のふもとに□□□□□かなしき春《はる》の国《くに》を旅《たび》ゆく　若山牧水《わかやまぼくすい》

＊ねむっているような山のふもとにまた・・・・・。とてもいとしい春の国を旅している。

③ 田子《たご》の浦《うら》ゆうち出《い》でて見《み》ればま白《しろ》にそ富士《ふじ》の高嶺《たかね》に□□□□□□□　山部赤人《やまべのあかひと》

＊田子の浦に出てみると真っ白にあの高い富士の山に・・・・・・・。

ア　海《うみ》ねむる　イ　雪《ゆき》は降《ふ》りける（雪は降り積もっている）**　ウ　子供《こども》らと**（子どもたちと）

答え

①…ウ　②…ア　③…イ

◆三十一拍で表される短歌。その音数「三十一文字」を「みそひともじ」とも読みます。

◆「五・七・五・七・七」の他に、長歌《ちょうか》や旋頭歌《せどうか》と呼ばれるリズムの歌があります。長歌は「五・七・五・七……五・七・七」と区切るスタイルの歌です。「五・七」を繰り返し、最後は「五・七・七」で終わります。短歌の次に多いスタイルです。

旋頭歌は「五・七・七・五・七・七」と区切るスタイルの歌です。旋頭歌は、片歌《かたうた》（「五・七・七」）が集団の掛け合いで、問答の形になったものです。ですから、はじめの「五・七・七」が問い、次の「五・七・七」が答えになっています。

問いと答えの末尾「七」はしばしば重複することがありました。その後、集団ではなく一人で作るようになると、重複していた「七」の問いの方がなくなり、「五・七・五・七・七」の短歌形式となったわけです。

3　三つの短歌の作られた順序は？——短歌の歴史①

子どものことを歌った（短歌を作ることを、「歌う」・「詠《よ》む」などと言います）短歌が三つあります。作られた順に並べてみましょう。

①　たのしみはまれに魚煮《うおに》て児等皆《こらみな》がうましうましといひ《イ》て食《く》ふ《ウ》時《とき》

＊楽しみは、めったにない魚のおかずを、子どもたちがうまいうまいと嬉しそうに言いながら食べるのを見ることだ。

②　竹《たけ》の子《こ》のごとくますぐにすくすくとそだたぬものか人間《にんげん》の子《こ》も

＊竹の子のように真っ直ぐにすくすくと育たないものだろうか、人間の子も。

③　銀《しろかね》も金《くがね》も玉《たま》も何《なに》せむ《ン》にまされる宝子《たからこ》にしかめやも

＊銀も金も玉もなんになろう。すばらしい宝も子どもよりすばらしいことがあろうか、決してそんなことはない。

答え ③→①→②

短歌を味わってみると、その時代の雰囲気《ふんいき》が伝わってきます。それぞれの作者と生きていた年代は、

① 橘 曙覧《たちばなあけみ》（一八一二〜一八六八）
② 相馬御風《そうまぎょふう》（一八八三〜一九五〇）
③ 山上憶良《やまのうえのおくら》（六六〇〜七三三）

です。生まれた時代が違うと、その歌にも違いが表れます。

①の曙覧は、江戸時代の終わりの歌人《かじん》（和歌を専門に作る人）で、国学者《こくがくしゃ》（日本の古典を研究する人）です。「たのしみは」で始まる貧乏の中での楽しみを歌った歌をいくつも作っています。

②の御風は明治生まれの詩人・歌人・評論家です。この歌は、評論家らしく教育論のようです。

③は『万葉集《まんようしゅう》』におさめられた歌で、憶良はその代表的な歌人です。この他にも家族を思う「憶《おく》良《ら》らは今《いま》は罷《まか》らむ《ン》子《こ》泣《な》くらむ《ン》それその母《はは》も吾《わ》をまつらむ《ン》ぞ」（憶良たちはもう失礼させていただきます。家では子どもが泣き、その子の母も待っていることでしょうから。）を作っています。

◆短歌ができたのは七世紀と言われています。『万葉集』は、奈良時代に日本で最初に作られた歌集です。千三百年も前から日本人の心に感じられる季節や自然の出来事が歌われ続けている短歌。その人その人の感じ方は様々ですから、色々な短歌が生まれてきました。様々な日本の風景や日本人の心を思い浮かべながら、短歌を味わいましょう。

4 代表的な三つの歌集――短歌の歴史②

『万葉集《まんようしゅう》』『古今和歌集《こきんわかしゅう》』『新古今和歌集《しんこきんわかしゅう》』という、後の時代の短歌に大きな影響《えいきょう》をおよぼした三つの歌集について、次の表の（　）にあてはまるものを選んで、ア～ウの記号を入れましょう（同じものを何度使ってもかまいません）。

	【A欄】巻数	【B欄】歌の数の合計	【C欄】選者・編集者
万葉集	全（　）巻	約（　）首	（　）が編集したと言われています。
古今和歌集	全（　）巻	約（　）首	醍醐天皇《だいごてんのう》の命令によって作られました。（　）らが歌を選びました。
新古今和歌集	全（　）巻	約（　）首	後鳥羽院《ごとばいん》の命令によって作られました。（　）らが歌を選びました。

【A欄】
ア　十
イ　二十
ウ　三十

【B欄】
ア　千九百八十
イ　四千五百
ウ　千百

【C欄】
ア　紀貫之《きのつらゆき》
イ　大伴家持《おおとものやかもち》
ウ　藤原定家《ふじわらのさだいえ》

※短歌は単に「歌《うた》」とも呼ばれます。一首《いっしゅ》、二首《にしゅ》と数えます。

答え

	【A欄】巻数	【B欄】歌の数の合計	【C欄】選者・編集者
万葉集	全二十巻（イ）	約**四千五百**首（イ）	**大伴家持**（イ）が編集したと言われています。
古今和歌集	全二十巻（イ）	約**千百**首（ウ）	醍醐天皇の命令によって作られました。**紀貫之**（ア）らが歌を選びました。
新古今和歌集	全二十巻（イ）	約**千九百八十**首（ア）	後鳥羽院の命令によって作られました。**藤原定家**（ウ）らが歌を選びました。

どの歌集も全二十巻です。巻数が三つとも同じなのは、『万葉集』にならったためだと思われます。しかし、歌の数は圧倒的に『万葉集』が多いのです。

『万葉集』では、天皇から農民まで、実に幅広い作者がそれぞれの生活の中での素朴《そぼく》な感情を、素直に大らかに表現しています。その歌風《かふう》を「ますらおぶり」と呼んでいます。それに対して、『古今和歌集』の歌風は「たおやめぶり」と呼び、優しさにあふれる美しい歌が特徴的です。『新古今和歌集』になると、多少技巧的《ぎこうてき》になり、歌の内容だけでなく、歌自体にも芸術性があふれてきます。

◆歌は、自然の風景を詠《よ》んだ「叙景歌《じょけいか》」、事実をありのままに詠んだ「叙事歌《じょじか》」、自分の感情を詠んだ「抒《じょ》情《じょう》歌《か》」に分けられますが、作者の心の動きを表した歌は、すべて抒情歌であるとも言えるでしょう。

5 どんなことを詠んだ歌？——短歌の分類

次の三つの短歌を読んで、どんな種類の歌なのか線で結びましょう。歌の情景や背景を思い浮かべながら読むと、短歌の対象となったことがらが見えてきます。

① 大海《おおうみ》の磯《いそ》もとどろによする浪《なみ》われて砕《くだ》けて裂《さ》けて散《ち》るかも　●　　●　季節の訪《おとず》れを詠《よ》んだ歌

② 父母《ちちはは》が頭《かしら》掻《か》き撫《な》で幸《さ》くあれて言《い》ひ《イ》し言葉《けとば》ぜ忘《わす》れかねつる　●　　●　自然の雄大さを詠んだ歌

③ 山《やま》ふかみ春《はる》ともしらぬ松《まつ》の戸《と》にたえだえかかる雪《ゆき》の玉水《たまみず》　●　　●　家族への思いを詠んだ歌

ヒント　歌の意味

① 大海の磯にとどろきながら寄せてくる波は、岩に当たって、割れて、砕けて、裂けて、飛び散ることよ。

② 父母がわたしの頭を掻き撫でながら言った、元気でな、無事でな、という言葉が忘れられない。

③ 山が深く、春が来たとも知らないで、春を待つ山の家の松の戸に、とぎれとぎれに落ちる雪どけのしずくよ。

答え　①の「大海の磯もとどろに」の作者は源《みなもとの》実朝《さねとも》で、**自然の雄大さを詠んだ歌**です。実朝は大自然をダイナミックに表現する歌を多く作りました。大海の荒々しさを巧《たく》みに描写しています。

②の「父母が頭掻き撫で」は防人《さきもり》の歌で、**家族への思いを詠んだ歌**です。防人とは北九州を守る徴《ちょう》兵《へい》された兵士。家族との別れと父母をしのぶ悲しみの歌です。『万葉集《まんようしゅう》』におさめられています。

③の「山ふかみ春ともしらぬ」の作者は式子内親王《しょくしないしんのう》で、**季節の訪れを詠んだ歌**です。「松」には春を「待つ」、「玉」には宝石という意味があります。宝石のような美しいしずくが、長く待ち望んだ春の訪れを表しています。

◆短歌は、何を対象にして詠んだかによって分類されます。代表的なものを挙げてみましょう。

自然詠《しぜんえい》…山川草木《さんせんそうもく》、花鳥風月《かちょうふうげつ》など、自然を対象にして詠んだ歌。

人事詠…人間社会の出来事や人間関係などを対象にして詠んだ歌。

生活詠…生活の実態や生活について感じたことを対象に詠み、人間のあるべき姿を訴えかける歌。

境涯詠《きょうがいえい》…自分の人生を振り返って、自分の生き方を対象にして詠んだ歌。

病床詠…病の床にあって、その病気を対象にして感じたことを詠んだ歌。

家族詠…自分の家族を対象にして、その家族の構成員について詠んだ歌。

相聞歌《そうもんか》…男女の恋愛を対象にして、その感情を詠んだ歌。

鎮魂歌《ちんこんか》…亡くなった人を悼《いた》み、死の悲しみを対象にして詠んだ歌。

6 在原業平の短歌――短歌の技法① 折句

次の短歌は、在原業平《ありわらのなりひら》（八二五～八八〇）の歌です。在原業平は平安時代初期の歌人で、美男子と言われ、「伊勢物語《いせものがたり》」の主人公とされています。

唐衣《からころも》きつつなれにしつましあればはるばる来《き》ぬる旅《たび》をしぞ思《おも》ふ

＊何度も着て自分の体の一部のように身に馴染《なじ》んだ着物のようだった妻と別れ、都を離れてはるばる遠くまで旅をしてきてしまった。つらく悲しい旅だなあ。

この歌には、とても面白い「言葉の表現技法」が使われています。歌をより美しく深いものにするための、歌にかくされたテクニックです。どんな技法か、考えてみましょう。

ヒント 平仮名にして、五・七・五・七・七で区切って改行してみましょう。

からころも
きつつなれにし
つましあれば
はるばるきぬる
たびをしぞおもふ　※この場合は一字多く八となり、字あまり。

答え 五・七・五・七・七で区切った先頭の文字をつなげると、「かきつは（ば）た」になる。

[か]らころも
[き]つつなれにし
[つ]ましあれば
[は]るばるきぬる
[た]びをしぞおもふ

都から東の国に向かう途中、三河国《みかわのくに》（今の愛知県）の八橋《やつはし》というところで、美しい杜若《かきつばた》の花を見て感動し、「かきつばた」の五文字を五・七・五・七・七のそれぞれの句の先頭に置きました。このように、各句の頭をつなげて読むと、一つの言葉になるものを「折句《おりく》」と言います。

この歌には、その他にも様々な言葉の表現技法が使われています。

●**枕詞**《まくらことば》…枕詞というのは、歌の最初の五音にある言葉を置くと、次にくる言葉が決まってくるという働きを持つ言葉です。「唐衣」は「着（る）」の枕詞です。

●**掛詞**《かけことば》…掛詞というのは、一つの音の言葉に二つの意味が重なっている言葉です。「き」には「着・来」、「なれ」には「萎れ（よれよれになる）・馴れ」、「つま」には「妻・褄（着物の裾《すそ》の先）」、「はる」には「張《は》る（衣を張る）・遥《はる》（遥か）」というように、掛詞になっています。

●**縁語**《えんご》…縁語というのは、歌の中である言葉に関係のある（縁のある）言葉を使うことです。「着」「萎れ」「褄」「張る」は、「唐衣」の縁語になっています。

7 小野小町の短歌――短歌の技法② 掛詞

これは小野小町《おののこまち》（生没年不詳《せいぼつねんふしょう》）の歌です。小野小町は平安時代初期の歌人で、宮中に仕えていました。

花《はな》の色《いろ》は移《うつ》りにけりないたづら《ズ》にわが身世《みよ》にふるながめせしまに

＊美しい桜の花は、すっかり色あせてしまった。私がもの思いにふけって、降り続く雨をぼんやり見ているうちに。（「いたづらに」は「無駄に」の意味。）

小野小町は言葉の表現技法をこの歌に多く用いて、自分の思いを表しています。

この歌の最後の七・七（わが身世にふる・ながめせしまに）には、二つの掛詞《かけことば》（二〇頁参照）、ふると ながめがあります。これらの言葉の意味は、ふる＝降る、ながめ＝長雨ですが、他にどんな意味が隠されているでしょうか。イ～ハの中から一つずつ選んでください。

① ふる ＝降る（雨が降る）と〔イ　経る（時が過ぎる）　ロ　古（花の色が古くなっていく）　ハ　振る（別れた人に手を振る）〕

② ながめ ＝長雨（いつまでも降り続く雨）と〔イ　長目（女性の切れ長な目）　ロ　眺め（ものを思いながらぼんやりしている）　ハ　菜甕（菜っ葉を甕でつけている）〕

このように、掛詞を使って、短い歌の中に多くの意味をこめているのです。では、これをふまえて、もう一度、この歌の意味を考えてみましょう。

花の色は移りにけりないたづらにわが身世にふるながめせしまに

「花の色」は、桜の花の色について言っているだけではなく、小野小町自身の美しさをたとえているとも言われています。この歌には、次の①②の二つの意味があわせて表現されていると言えるでしょう。

① 美しい桜の花の色は、長雨が降り続く間にすっかり色あせてしまった。

② 私の美しさは、もの思いにふけってぼんやりと時を過ごしているうちに、すっかり若さがおとろえてしまった。

「絶世の美女」と言われた小野小町。顔や形の美しさは、若さがあってのものでした。桜の花を見ながら、自分の美しさが失われていくことに対して、深い嘆きを込めて詠《よ》んだ歌でもあるのです。

答え

①…イ　②…ロ

8 与謝野晶子の短歌――短歌の技法③ 比喩・倒置法

次の短歌は、明治に生まれ昭和に活躍《かつやく》した、近現代の歌人与謝野晶子《よさのあきこ》（一八七八〜一九四二）の歌を、ばらばらに分解したものです。

次の五音群、七音群の①〜⑤を順番に並べ、五・七・五・七・七の短歌を完成させましょう。

【五音群】

① かたちして
② 金色《こんじき》の

【七音群】

③ 夕日《ゆうひ》の岡《おか》に
④ ちひさき鳥《とり》の
⑤ 銀杏《いちょう》ちるなり

【五　　】【七　　】【五　　】【七　　】【七　　】

答え　**【②金色の】【④ちひさき鳥の】【①かたちして】【⑤銀杏ちるなり】【③夕日の岡に】**

この歌は、「金色の、小さな鳥の形になって、いちょうが散っていくよ。この夕日の輝いている岡に。」という意味です。

いちょうの葉が、夕日を浴びて金色に輝き、小鳥の形のようになってはらはらと散って舞っている様子が目に浮かびます。

さて、この歌には、近現代の短歌によく見られる表現技法が使われています。

●**比喩**《ひゆ》…比喩とは、何かをあるものにたとえることで、表現を高めることです。

ここでは「銀杏」を「金色のちひさき鳥のかたち」とたとえました。銀杏が黄色く色づいているので、季節は晩秋でしょう。その色づいた銀杏が、さらに夕日を受けて輝き、そして風に散っていきます。小鳥の飛ぶ様子にたとえたところが、作者のすばらしい感性と言えます。

比喩には、「海のような広い心」と直接言葉を使ってたとえる『直喩法《ちょくゆほう》』と、この歌で「銀杏」を「金色のちひさき鳥のかたち」としているように、「〜ような（如《ごと》き）」を使わずにたとえる『隠喩法《いんゆほう》』があります。

●**倒置法**《とうちほう》…倒置法とは、上《かみ》の句と下《しも》の句、もしくは句の続き方の順序をあえて逆（さかさま）にして、印象を強める技法です。

・金色のちひさき鳥のかたちして夕日の岡に［銀杏ちるなり］→本来の順序。

・金色のちひさき鳥のかたちして［銀杏ちるなり］夕日の岡に→倒置法により順序を逆にした晶子の歌。

9 石川啄木の短歌——歌に込められた思い

岩手県に生まれた歌人石川啄木《いしかわたくぼく》（一八八六〜一九一二）の三行書きの歌をいくつか紹介します。啄木の人生は、わずか二十六年。どんな思いを歌に込《こ》めたのでしょうか。次の①〜⑤の歌の意味を考え、啄木の人生について感じてみてください。

①
ふるさとの山《やま》に向《むか》ひ《イ》て
言ふ《ウ》ことなし
ふるさとの山《やま》はありがたきかな

②
ふるさとの訛《なまり》なつかし
停車場《ていしゃば》の人《ひと》ごみの中《なか》に
そを聴《き》きにゆく

③
はたらけど
はたらけど猶《なお》わが生活《くらし》楽《らく》にならざり
ぢつ《ジッ》と手《て》を見《み》る

④
たは《ワ》むれに母《はは》を背負《せお》ひ《イ》て
そのあまり軽《かろ》きに泣《な》きて
三歩《さんぽ》あゆまず

⑤
いのちなき砂《すな》のかなしさよ
さらさらと
握《にぎ》れば指《ゆび》のあひ《イ》だより落《お》つ

答え

①　故郷の山に向かうと何も言うことがありません。いつも変わらず優しく包んでくれる故郷の山、何とありがたいことでしょう。

②　都会にいると故郷の東北弁が無性になつかしくなり、上野駅の停車場の人ごみの中にそれを聞きに行くのです。

③　働いても働いても、生活は少しも楽になりません。自分の手をじっと見て考えています。

④　ふざけて母を背負ってみたのですが、その体があまりに軽いことに驚いて涙が出てしまい、三歩と歩けませんでした。

⑤　命を持たないこの砂は、なんと悲しいものでしょう。こうして砂を握ると、さらさらと指の間から流れ落ちて何も残りません。

◆石川啄木は盛岡中学を退学して十六歳で上京し、文学の道を志《こころざ》します。ところが生活は苦しく、両親と十九歳で結婚した妻を養うために、北海道で小学校教員や新聞記者などをして働きます。文学への夢を捨てきれない啄木は、再度上京したものの、なかなか有名にはなれません。二十四歳で歌集『一握《いちあく》の砂《すな》』を出版。多少の収入を得るものの、生後三週間でうしなった長男のお葬式代でなくなってしまいました。その二年後に母が亡くなります。母の死からわずか一カ月後、啄木は二十六歳の若さで母と同じ肺結核《はいけっかく》で亡くなりました。短くも激動の生涯でした。苦しい生活の中から生まれる故郷の山を愛した啄木の歌は、今も多くの人に親しまれています。

10 短歌の中にある地名——歌枕

歌枕《うたまくら》とは、短歌の中に読みこまれた地名のことです。歌人たちは、有名な歌枕に憧《あこが》れてその地を訪ね、歌を作りました。また、実際には行かずに、想像して多くの歌を作りました。

「さざなみや志賀《しが》の都《みやこ》は荒《あ》れにしを昔《むかし》ながらの山桜《やまざくら》かな」（平忠度《たいらのただのり》　一一四四～一一八四）という歌では「志賀」が歌枕です。「志賀の都」とは、天智天皇《てんじてんのう》の大津の宮（滋賀県）のことです。

では、次の□の中には、どんな歌枕が入るでしょうか。情景をイメージして考えてみましょう。ア～ウの中からあてはまる歌枕を記号で答えましょう。

①　□もみぢ《ジ》乱《みだ》れて流《なが》るめり渡《わた》らば錦《にしき》中《なか》や絶《た》えなむ《ン》

＊□を紅葉が乱れて流れているようだ。今、渡ると紅葉の錦が切れてしまいそうだ。

②　□の峰《みね》より落《お》つるみなの川《がわ》恋《こい》ぞ積《つ》もりて淵《ふち》となりける

＊□の峰から流れ落ちるみなの川。その水が積もって淵となるように私の恋もますます深まってしまいました。

③　都《みやこ》をば霞《かすみ》とともに立《た》ちしかど秋風《あきかぜ》ぞ吹《ふ》く□

＊春霞のころに都を立ったが、もう秋風が吹いているよ、ここ□では。

ア　筑波嶺《つくばね》　イ　白河《しらかわ》の関《せき》　ウ　竜田川《たつたがわ》

答え　①…ウ　②…ア　③…イ

① 竜田川もみぢ乱れて流るめり渡らば錦中や絶えなむ　（読人《よみびと》しらず　古今集《こきんしゅう》）

「竜田川」は、大和国《やまとのくに》（奈良県）の川で、紅葉の名所。

② 筑波嶺の峰より落つるみなの川恋ぞ積もりて淵となりける　（陽成院《ようぜいいん》　八六八～九四九）

「筑波嶺」は、常陸国《ひたちのくに》（茨城県）にある山で、今の筑波山《つくばやま》。

③ 都をば霞とともに立ちしかど秋風ぞ吹く白河の関　（能因《のういん》　九八八～不詳《ふしょう》）

「白河の関」は、陸奥国《むつのくに》（東北地方）の入り口にある関所《せきしょ》。福島県白河市。

◆歌枕となっている地名を日本地図にマークしてみると、今の大阪府・京都府・奈良県に多くの歌枕があることに気付きます。もちろん東北地方にもいくつかあります。

藤中将《とうのちゅうじょう》実方《さねかた》は、「歌枕見てまいれ！」と一条《いちじょう》天皇に叱責《しっせき》され、陸奥へ左遷《させん》され、かの地でなくなりました。

また、白河の関に旅行しているふりをして実は家にいて、歌を作ったのではないかと言われた能因の話もあります。しかし、能因は実際には行ったとのことです。

歌枕は、ただ単に地名を表しているだけでなく、その地名にゆかりのある出来事・風情《ふぜい》をイメージさせる表現の技法の一つと言えるでしょう。

コラム1　いろは歌・鳥啼歌

古文《こぶん》で用いられる仮名遣《かなづか》いのことを言う「歴史的仮名遣い（旧仮名遣い）」は、「現代仮名遣い」とは大きく違います。では、どうして「歴史的仮名遣い」は、「現代仮名遣い」の発音と違う書き方をするのでしょうか。それは、発音は時代によって変化してきたのに、仮名遣いは以前のままで現代に伝えられてきたからです。

仮名遣いの原則は、『新古今和歌集《しんこきんわかしゅう》』の編者であり歌人であった藤原定家《ふじわらのさだいえ》によって平安時代の実際のありさまをもとに定められました。これを「定家《ていか》仮名遣い」と言います。これに対し、江戸時代の国学者であった契沖《けいちゅう》が、奈良時代を基準とした「契沖仮名遣い」を主張し、明治以降は、この「契沖仮名遣い」を基本とした仮名遣いが採用されました。

古文で使われる四十七の音韻《おんいん》をすべて一度ずつ使った手習《てなら》い歌に『いろは歌』があります。この仮名の配列順は、「いろは順」として中世から近世の辞書類などに広く利用されました。

いろはにほへと　　色は匂《にお》へ《エ》ど
ちりぬるを　　散りぬるを
わかよたれそ　　我が世誰《たれ》ぞ
つねならむ　　常ならむ《ン》
うゐのおくやま　　有為《うい》の奥山
けふこえて　　今日《きょう》越えて

あさきゆめみし　浅き夢見じ
ゑひもせす　酔《えい》ひもせず

この『いろは歌』に対し、明治三十六年に『万朝報《よろずちょうほう》』という新聞で、「新・いろは歌」が募集《ぼしゅう》されました。従来の『いろは歌』に「ん」を加えた四十八文字で作成するのが条件で、坂本百次郎《さかもとひゃくじろう》という人が作ったものが最優秀に選ばれました。

とりなくこゑす　鳥啼《な》く声《こえ》す
ゆめさませ　夢覚ませ
みよあけわたる　見よ明け渡る
ひんかしを　東《ひんがし》を
そらいろはえて　空色映えて
おきつへに　沖つ辺《べ》に
ほふねむれゐぬ　帆船群れいぬ
もやのうち　靄《もや》の中《うち》

明け方の空と海の情景が浮かんでくるような内容です。この後、『鳥啼歌《とりなくうた》』として知られ、戦前には「とりな順」として、「いろは順」とともに広く使われたといいます。四十七、もしくは四十八の音韻をすべて一回ずつ使うだけでなく、和歌や詩としての体裁《ていさい》も保たなければならないのですから、実際に作るのは至難《しなん》の業《わざ》と言えるでしょう。

11 百人一首雑学クイズ――○×で答えよう

「百人一首《ひゃくにんいっしゅ》」とは、昔からの優れた短歌を作った百人の歌を一首ずつ選んだ歌集です。今でもお正月にかるた遊びをしますね。

それでは、「百人一首」に関するクイズです。○か×で答えてください。

① 「百人一首」は、正式には「小倉《おぐら》百人一首」と呼ばれている。

② 百人の歌人の歌を一首ずつ選んで「百人一首」にまとめたのは、鎌倉幕府《かまくらばくふ》三代将軍源《みなもとの》実朝《さねとも》である。

③ 「百人一首」におさめられている百の歌の、実に四割以上が「自然」について歌われたものである。

④ 「百人一首」の歌は、もともとは、豪華《ごうか》な別荘《べっそう》にある広間《ひろま》の襖《ふすま》に貼られていた色紙《しきし》である。

⑤ 「百人一首」とは別に、百一首の歌を集めた「百人秀歌《ひゃくにんしゅうか》」という選歌集もある。

答え

①…○　②…×（正解は藤原定家《ふじわらのさだいえ》）　③…×（正解は「恋」の歌）

④…○　⑤…○

◆「百人一首」の雑学

●「小倉百人一首」は、藤原定家が選んだ歌集と言われています。

下野国《しもつけのくに》宇都宮《うつのみや》の領主頼綱《よりつな》（宇都宮蓮生《れんじょう》）が、京都嵯峨野《さがの》の小倉山麓《さんろく》にある別荘嵯峨中院《ちゅういん》の襖に、和歌を選んで色紙にして貼ってほしいと、藤原定家に依頼しました。

藤原定家は、この嵯峨中院の襖を飾るために「百人一首」を選んだわけですが、その山荘のあった山の名をとって『小倉』がつくようになりました。

●天智天皇《てんじ》・持統天皇《じとう》の親子から始まり、後鳥羽《ごとば》・順徳《じゅんとく》両院の親子の歌で結ばれています。百の歌の四割以上が「恋」を詠《よ》んだ歌です。

●藤原定家は、『百人秀歌』という百一首の歌集も作っています。これは襖の色紙のために作った「百人一首」と違って、藤原定家が自分の好みで作ったもののようです。

●藤原定家の選んだ「百人一首」以外にも「百人一首」はあったのですが、定家の選んだものが一番優れていて有名になり、今では「百人一首」と言えば、定家の選んだものを指すようになりました。

●江戸時代に、上《かみ》の句と下《しも》の句を別々に書いて「歌がるた」として親しまれるようになりました。

12 百人一首の算数クイズ――競技かるたとしての百人一首

次の言葉と数字にどんな意味があるか分かりますか？　なんだか暗号みたいですが、きちんと意味があるのです。では、最後の「あ」の（　）の中には、どんな数字が入るでしょうか。

むすめふさほせ……（一）
うつしもゆ……（二）
いちひき……（三）
はやよか……（四）
み……（五）
たこ……（六）
おわ……（七）
な……（八）
あ……（　）

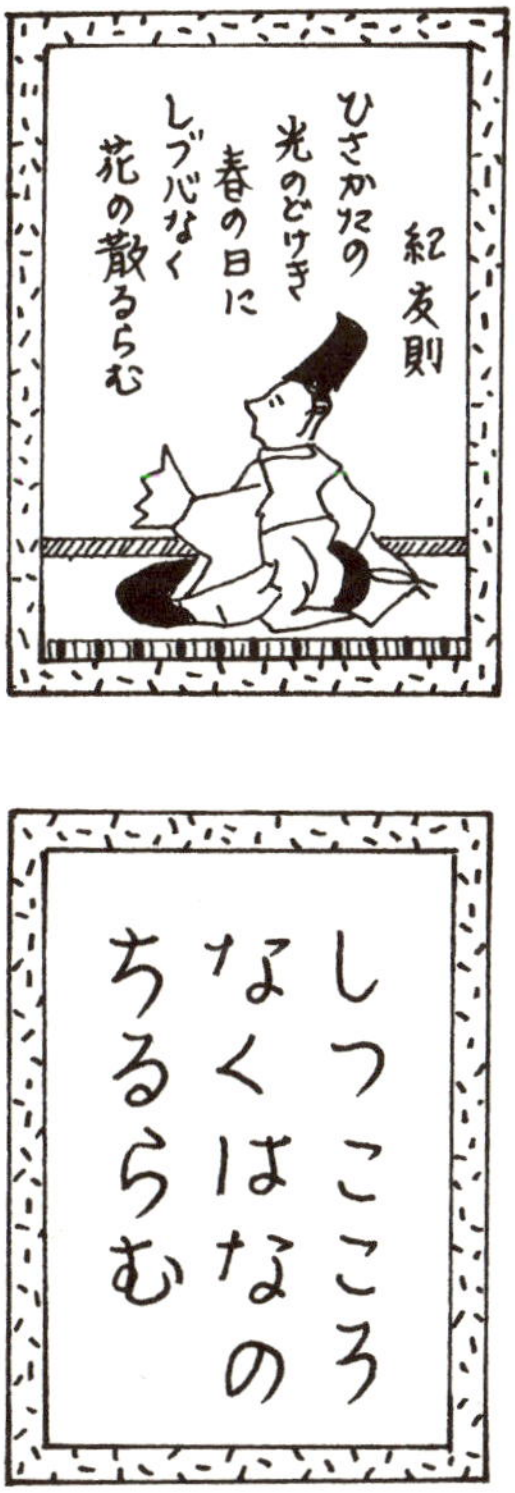
紀友則
ひさかたの
光のどけき
春の日に
しづ心なく
花の散るらむ
しつこころ
なくはなの
ちるらむ

百人一首の札は読み札と取り札からなっています。

ヒント　これは、百人一首の百の歌を、同じ音で始まるものでグループ分けしたものです。

答え 十六

ひらがなのあとの（　）の数字は、そのひらがなで始まる歌の数です。

「うつしもゆ ……（二）」は、「う」「つ」「し」「も」「ゆ」から始まる歌はそれぞれ二つだけ、という意味です。これらを「二枚札」と呼びます。例えば、「う」から始まる歌は、次の二首です。

恨《う》らみわび干《ほ》さぬ袖《そで》だにあるものを恋《こい》に朽《く》ちなむ名《な》こそ惜《お》しけれ

憂《う》かりける人《ひと》を初瀬《はつせ》の山《やま》おろしはげしかれとは祈《いの》らぬものを

「な ……（八）」は、「な」から始まる歌は八つということで、これを「八枚札」と呼びます。

さて、「あ ……（　）」の（　）に入る数字ですが、算数の計算で求められます。

1枚札×7枚（むすめふさほせ）＝7　　5枚札×1枚（み）＝5

2枚札×5枚（うつしもゆ）＝10　　6枚札×2枚（たこ）＝12

3枚札×4枚（いちひき）＝12　　7枚札×2枚（おわ）＝14

4枚札×4枚（はやよか）＝16　　8枚札×1枚（な）＝8

これらをすべて足し算すると、7＋10＋12＋16＋5＋12＋14＋8＝84となります。

残る（?）枚札は、「あ」のみですから、（100－84）÷1＝16となります。

百の歌をこのようにグループ分けし、あとは上の句（五・七・五）とそれに続く「下の句」（七・七）を覚えれば、要領よく暗記ができます。一枚札の七枚（むすめふさほせ）は、はじめの一字で歌が決まるので、「一字決まり」と呼びます。まずは「一字決まり」を暗記することから始めましょう。

13 百人一首の「一字決まり」を覚えよう――「むすめふさほせ」

競技かるたでは、取り札には「下の句」（七・七）しか書かれていません。「下の句」が読まれてから取り札を探しているようでは、相手に全部取られてしまうでしょう。ですから、「上の句」（五・七・五）を聞いたら「下の句」が分かるようにしておくことが、勝利の秘訣《ひけつ》なのです。

ここでは、一字決まり「む・す・め・ふ・さ・ほ・せ」の七枚を、完璧に覚えてしまいましょう。

それぞれの歌の「上の句」と「下の句」を線で結びましょう。

上の句

(む)　むらさめのつゆもまだひ《イ》ぬ槙《まき》の葉《は》に　・

(す)　住江《すみのえ》の岸《きし》に寄《よ》る波《なみ》よるさへ《エ》や　・

(め)　めぐり逢《あ》ひ《イ》て見《み》しやそれとも分《わ》かぬ間《ま》に　・

(ふ)　吹《ふ》くからに秋《あき》の草木《くさき》のしをるれば　・

(さ)　寂《さび》しさに宿《やど》を立《た》ち出《い》でてながむれば　・

(ほ)　ほととぎす鳴《な》きつる方《かた》をながむれば　・

(せ)　瀬《せ》をはやみ岩《いわ》にせかるる滝川《たきがわ》の　・

下の句

・　夢《ゆめ》の通《かよ》ひ《イ》路《じ》人目《ひとめ》よくらむ《ン》

・　ただ有明《ありあけ》の月《つき》ぞ残《のこ》れる

・　われてもすゑ《エ》に逢《あ》は《ワ》む《ン》とぞ思《おも》ふ《ウ》

・　雲隠《くもがく》れにし夜半《よわ》の月《つき》かな

・　いずこも同《おな》じ秋《あき》の夕暮《ゆうぐれ》

・　霧《きり》立《た》ちのぼる秋《あき》の夕暮《ゆうぐれ》

・　むべ山風《やまかぜ》をあらしといふ《ウ》らむ《ン》

答え

ⓜむらさめのつゆもまだひぬ槇の葉に
ⓢ住江の岸に寄る波よるさへや
ⓜめぐり逢ひて見しやそれとも分かぬ間に
ⓕ吹くからに秋の草木のしをるれば
ⓢ寂しさに宿を立ち出でてながむれば
ⓗほととぎす鳴きつる方をながむれば
ⓢ瀬をはやみ岩にせかるる滝川の

夢の通ひ路人目よくらむ
ただ有明の月ぞ残れる
われてもすゑに逢はむとぞ思ふ
雲隠れにし夜半の月かな
いずこも同じ秋の夕暮
霧立ちのぼる秋の夕暮
むべ山風をあらしといふらむ

この一字決まりについては、読み札の最初の一音（む・す・め・ふ・さ・ほ・せ）が読まれた瞬《しゅん》間《かん》に「下の句」を取れるように、さらに短縮して覚えられます。呪文《じゅもん》のように歌全体を覚えるより、次のようなだじゃれをつかった語呂《ごろ》合わせの方が頭に入りやすいでしょう。

む↓きり（暗記例）むきになる
す↓ゆめ（暗記例）すごい夢を見た
め↓くもが（暗記例）目にクモが入っちゃった
ふ↓むべ（暗記例）ふむふむと勉強する
さ↓いずこ（暗記例）さあ、いずこへ旅しようか
ほ↓ただ（暗記例）ホットケーキをただでもらった
せ↓われ（暗記例）瀬戸物《せともの》が割れちゃった

一字決まりが完璧になったら、二枚札「うつしもゆ」についても同様に、だじゃれの語呂合わせで覚えていきましょう。目指せ百枚暗記！

14 百人一首によく登場する言葉──□に入る漢字は何？

百人一首の一割となる次の十の歌には、ある共通した言葉（漢字一文字）が入ります。□の中にはどんな言葉が入るでしょうか。

① 天《あま》の原《はら》ふりさけ見《み》れば春日《かすが》なる三笠《みかさ》の山《やま》に出《い》でし□かも
② 今《いま》こむ《ン》といひ《イ》しばかりに長《なが》□の有明《ありあけ》の□を待《ま》ちいでつるかな
③ □見《み》ればちぢに物《もの》こそかなしけれわが身《み》ひとつの秋《あき》にはあらねど
④ 朝《あさ》ぼらけ有明《ありあけ》の□と見《み》るまでに吉野《よしの》の里《さと》に降《ふ》れる白雪《しらゆき》
⑤ 夏《なつ》の夜《よ》はまだ宵《よい》ながら明《あ》けぬるを雲《くも》のいづ《ズ》こに□宿《やど》るらむ《ン》
⑥ めぐり逢《あ》ひ《イ》て見《み》しやそれとも分《わ》かぬ間《ま》に雲隠《くもがく》れにし夜半《よわ》の□かな
⑦ やすらは《ワ》で寝《ね》なましものをさ夜更《よふ》けてかたぶくまでの□を見《み》しかな
⑧ 心《こころ》にもあらで憂《う》き世《よ》に長《なが》らへ《エ》ば恋《こい》しかるべき夜半《よわ》の□かな
⑨ 秋風《あきかぜ》にたなびく雲《くも》のたえ間《ま》より漏《も》れ出《い》づる□の影《かげ》のさやけさ
⑩ 嘆《なげ》けとて□やはものを思《おも》は《ワ》するかこちがほ《オ》なるわが涙《なみだ》かな

答え　正解は、「**月**」でした。「有明の月」とは、夜が明けても空に残っている月のことです。

百人一首には、ずいぶんと多くの月が登場するのですね。日本人は「月」を古くから大切にしていたようです。月を眺めることで色々な情感を豊かにしてきたのでしょう。今でもお月見があります。月を見るというのは、日本人の生活習慣の一つなのですね。

◆「月」にまつわる壮絶なエピソードを紹介しましょう。

天の原ふりさけ見れば春日なる三笠の山に出でし月かも

これは、阿倍仲麻呂《あべのなかまろ》（六九八～七七〇）の歌ですが、「月」を見ることで故郷を思い出しています。「大空をはるかに仰《あお》いで眺めると、月が見える。ああ、あれは昔、故郷日本の春日にある三笠の山に出ていた月と同じ月なのかなあ。」と、故郷を懐かしんでいます。

阿倍仲麻呂は、十九歳の時に唐（今の中国）に遣唐使《けんとうし》の留学生として派遣され、唐の進んだ学問や仏教を学びました。そして皇帝に気に入られ、唐に三十年以上もとどまることになりました。そしてついに、故郷である日本に帰国することが許され、自分の送別会の宴《うたげ》で、「ああ、帰れるんだ、日本に……」と万感《ばんかん》の思いで詠《よ》んだ歌です。

しかし、日本へ帰国する船は嵐にあい、インドシナに漂着《ひょうちゃく》してしまいました。その後、再び唐に引き返すことになり、結局日本にもどることはできませんでした。阿倍仲麻呂は、日本を離れて五十三年目に、唐で一生を終えたのです。

西安（唐の都，長安）にある阿倍仲麻呂記念碑

15 春夏秋冬、どの季節の歌？——四季を歌う短歌①

四季の美しい日本。短歌には、その春夏秋冬の景色や様子を表したものが多くあります。次の短歌の□には、「春」「夏」「秋」「冬」のどれが入るでしょうか。それぞれの歌の三十一文字《みそひともじ》の中にヒントがあります。歌の情景を思い浮かべて考えてみましょう。

① 街《まち》をゆき子供《こども》の傍《そば》を通《とお》る時《とき》蜜柑《みかん》の香《か》せり□がまた来《く》る

② 鎌倉《かまくら》や御仏《みほとけ》なれど釈迦牟尼《しゃかむに》は美男《びなん》におは《ワ》す□木立《こだち》かな

③ しら露《つゆ》の色《いろ》はひとつをいかにして□のこのはをちぢにそむらん

④ 大空《おおぞら》は梅《うめ》のにほ《オ》ひ《イ》に霞《かす》みつつくもりもはてぬ□の夜《よ》の月《つき》

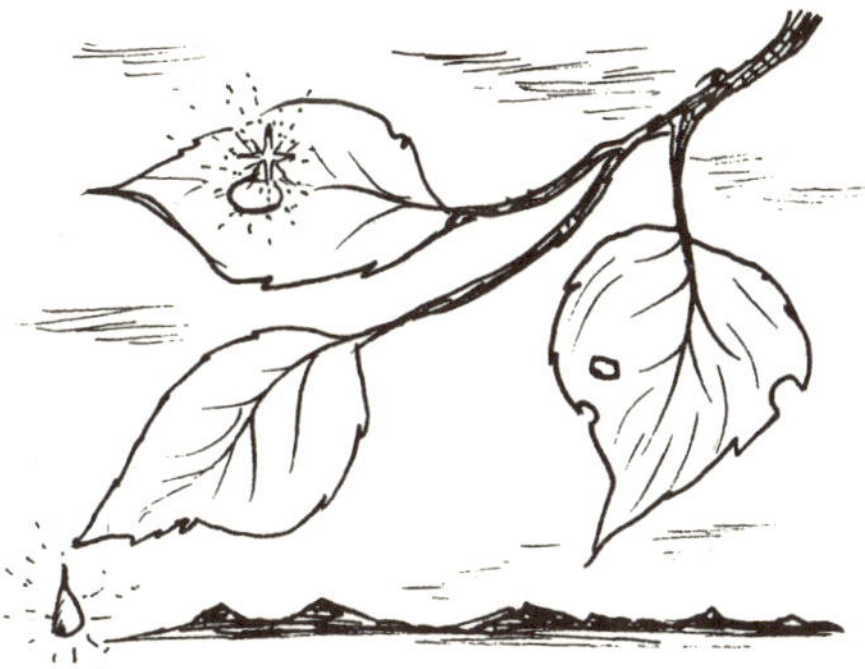

答え

① 街をゆき子供の傍を通る時蜜柑の香せり 冬 がまた来る　木下利玄《きのしたりげん》（一八八六〜一九二五）

街の通りで子供たちが楽しそうに遊んでいたのでしょう。そばを通って気付きました。子供たちは蜜柑を食べていたのです。今と違って、昔は季節のものはその季節にしか食べられませんでした。まだ緑色の残る蜜柑の皮をむいた時に出るその香りが、厳しい冬の寒さの訪れを感じさせたのでしょう。

② 鎌倉や御仏なれど釈迦牟尼は美男におはす 夏 木立かな　与謝野晶子《よさのあきこ》（一八七八〜一九四二）

この鎌倉にある大仏（釈迦牟尼）。仏様ではあるけれど美男子でいらっしゃる。夏の木立のさわやかな緑の中に、大仏は堂々と座《ざ》しておられます。

③ しら露の色はひとつをいかにして 秋 のこのはをちぢにそむらん　藤原敏行《ふじわらのとしゆき》（不詳《ふしょう》〜九〇一？）

木々の葉っぱには、朝露が白く輝いています。その葉っぱは紅葉して赤や黄色や様々な色に染まっています。露の白ひと色が、どうやって秋の木の葉を色とりどりにするのでしょう。「ちぢ（千々）」は「たくさん」という意味です。深まる秋の美しい紅葉と、朝露が光り輝く様子が目に浮かびます。

④ 大空は梅のにほひに霞みつつくもりもはてぬ 春 の夜の月　藤原定家《ふじわらのさだいえ》（一一六二〜一二四一）

梅の花の香りがただよう春の夜。大空がかすんでいくのは、そして淡く輝く朧月《おぼろづき》は、梅の香りが生み出したのでしょうか。「くもりもはてぬ」とは、「かすみでくもっているものの、くもりきっていない」状態です。梅の花の香りは、目で見ることはできませんが、かすんでいる空と月を使って、目に見えるものとして表しました。

16 春夏秋冬、どの季節の歌？〈上級編〉――四季を歌う短歌②

さあ次は上級編。短歌の中に「春」「夏」「秋」「冬」の言葉は入っていませんが、それぞれどの季節の歌でしょうか。三十一文字《みそひともじ》をじっくりと読んで、情景をイメージして考えてみましょう。

① 病《や》める児《こ》はハモニカを吹《ふ》き夜《よ》に入《い》りぬもろこし畑《ばた》の黄《き》なる月《つき》の出《で》

② 瓶《びん》にさす藤《ふじ》の花《はな》ぶさみじかければたたみの上《うえ》にとどかざりけり

③ 新《あらた》しき年《とし》の初《はじ》めの初春《はつはる》の今日《きょう》降《ふ》る雪《ゆき》のいや重《し》け吉事《よごと》

④ 心《こころ》あてに折《お》らばや折《お》らむ《ン》初霜《はつしも》の置《お》きまどは《ワ》せる白菊《しらぎく》の花《はな》

答え

①…**夏**　北原白秋《きたはらはくしゅう》（一八八五〜一九四二）。病気の子は外で元気に遊ぶこともできません。淋しげにハーモニカを吹きました。気づくと夜になっていました。とうもろこし畑の向こうから、黄色に輝く月が出てきました。とうもろこし畑の奥に見える月は、病気の子を励ましてくれているのでしょうか。それとも病気の子の淋しさをさらに演出しているのでしょうか。情景がうかんでくるような歌です。

②…**春**　正岡《まさおか》子《し》規《き》（一八六七〜一九〇二）。机の上に置いた瓶にさしている藤。枝がたれさがってきれいな花が咲いていますが、たたみにはとどきません。正岡子規は、死の前年に病床でこの歌を作りました。仰向けに寝ている布団から、藤が垂れ下がっているのを見ていたのです。藤は春の花。この藤がたたみにとどかないように、私の人生ももう短いのだろう、という作者の思いが見えてきます。

③…**冬**　大伴家持《おおとものやかもち》（不《ふ》詳《しょう》〜七八五）。新年が明けた正月の一日《ついたち》。初春をお祝いする日の雪です。雪が降り積もるように、おめでたいことがいっぱい重なっておこりますように、という歌で、雪は豊作《ほうさく》のしるしです。「重け《し》」とは「重なっておこれ」という意味。新年の希望あふれる気持ちが表されています。

④…**秋**　凡河内《おおしこうちの》躬恒《みつね》（生没《せいぼつ》年不詳）。もし折ろうというのなら、ここだろうとあてずっぽうに折るしかありません。初霜の白さで花なのか霜なのか見分けにくくなっている白菊の花を。季節は霜が降《お》りる晩秋です。朝の冷気の中、一面真っ白に見えるのは白菊のせいなのか、初霜のせいなのか。「置きまどわせる」とは、「見分けがつかない」という意味。霜柱《しもばしら》ひとつひとつを、小さな菊の花に見立てているのかもしれません。

17 滑稽・ユニークな短歌——狂歌

「狂歌《きょうか》」とは、五・七・五・七・七の音を使って、社会を風刺《ふうし》したり、皮肉《ひにく》を表したりした、「滑《こっ》稽《けい》な短歌」「短歌のパロディ版」です。

古くから歌われてきましたが、「狂歌」と呼ばれだしたのは鎌倉時代《かまくらじだい》以降のことで、江戸時代後期に最も盛んになりました。

では、次に紹介する三つの狂歌は、それぞれどんなところが滑稽・ユニークか考えてみましょう。

① 泰平《たいへい》の眠《ねむ》りを覚《さ》ます蒸気船《じょうきせん》たつ《ッ》た四杯《しはい》で夜《よる》も眠《ねむ》れず

② わが庵《いお》はみやこの辰巳午《たつみうま》ひつじ申酉戌亥子丑寅《さるとりいぬいねうしとら》う治《じ》

③ 世《よ》の中《なか》に蚊《か》ほどうるさきものはなしぶんぶとい《ユ》ふ《ウ》て夜《よる》も寝《ね》られず

答え

①　この狂歌は、一八五三年、鎖国中の日本に開国を求め、ペリーの黒船が来航してきたころの歌です。**「蒸気船」は掛詞《かけことば》になっていて、幕末に売られていた高価なお茶「上喜撰《じょうきせん》」にひっかけています。**このお茶はとても味が強く、四杯も飲むと眠れなくなってしまうものでした。**鎖国を続けてきた幕府が、蒸気船四隻《せき》の来航によって慌《あわ》て、混乱している様子を、パロディとして表したのが、**この狂歌です。

②　この狂歌のもとになった歌は、「わが庵は都の辰巳しかぞ住む世を宇治山と人はいふ《ウ》なり」という喜撰法師《きせんほうし》の歌です。「辰巳」は今で言う東南の方角を表す言葉です。「私は、都の東南の宇治山の、鹿がいるような小屋に暮らしています。世の中から逃《のが》れ住んでいると人は言うようです。」という意味。**「辰巳」に続き十二支《じゅうにし》を意味もなく続けて全部詠《よ》み、最後の「う（卯）」を「う治（宇治）」にして終わらせているパロディ短歌**です。

③　老中松平定信《まつだいらさだのぶ》が一七八七年から一七九三年に行った江戸幕府の政治改革「寛政の改革《かんせいのかいかく》」を皮肉った歌です。封建制がゆるんできた江戸幕府を立て直そうとした改革でしたが、時流《じりゅう》にあわない面もあって改革は七年で終わりました。その改革の中に「文武《ぶんぶ》の奨励《しょうれい》」がありました。**改革を「蚊」にあてて、「文武」を蚊の飛ぶ音にかけて批判した歌**です。

これらの狂歌には、その時代の人の洒落《しゃれ》たユーモアが溢《あふ》れていて、古典の名作とは違う面白みがあります。単に世間を風刺する創作短歌だけでなく、もともと有名だった短歌を使い、その言葉やリズムを利用してもじって作る歌も多く見られます。江戸時代の有名な狂歌歌人として、大田南畝《おおたなんぽ》がいます。

II 俳句のクイズ

古池や蛙飛こむ水のをと

柿食へば鐘が鳴るなり法隆寺

★俳句いきなりクイズ――俳句の中の地名をあてよう

芭蕉《ばしょう》は、地名を一句《いっく》の中に詠《よ》み込むのがとても上手でした。
では、次の①~③の□の中に入る地名を囲みの中から選んでください。
句の雰囲気《ふんいき》をつかむのがコツです。

① 夏《なつ》の月《つき》ごゆより出《いで》て□や

② □の闇《やみ》を見《み》よとや啼千鳥《なくちどり》

③ 行春《ゆくはる》を□の人《ひと》とおしみける

星崎《ほしざき》	尾張《おわり》	近江《おうみ》
赤坂《あかさか》	大坂《おおさか》	川崎《かわさき》

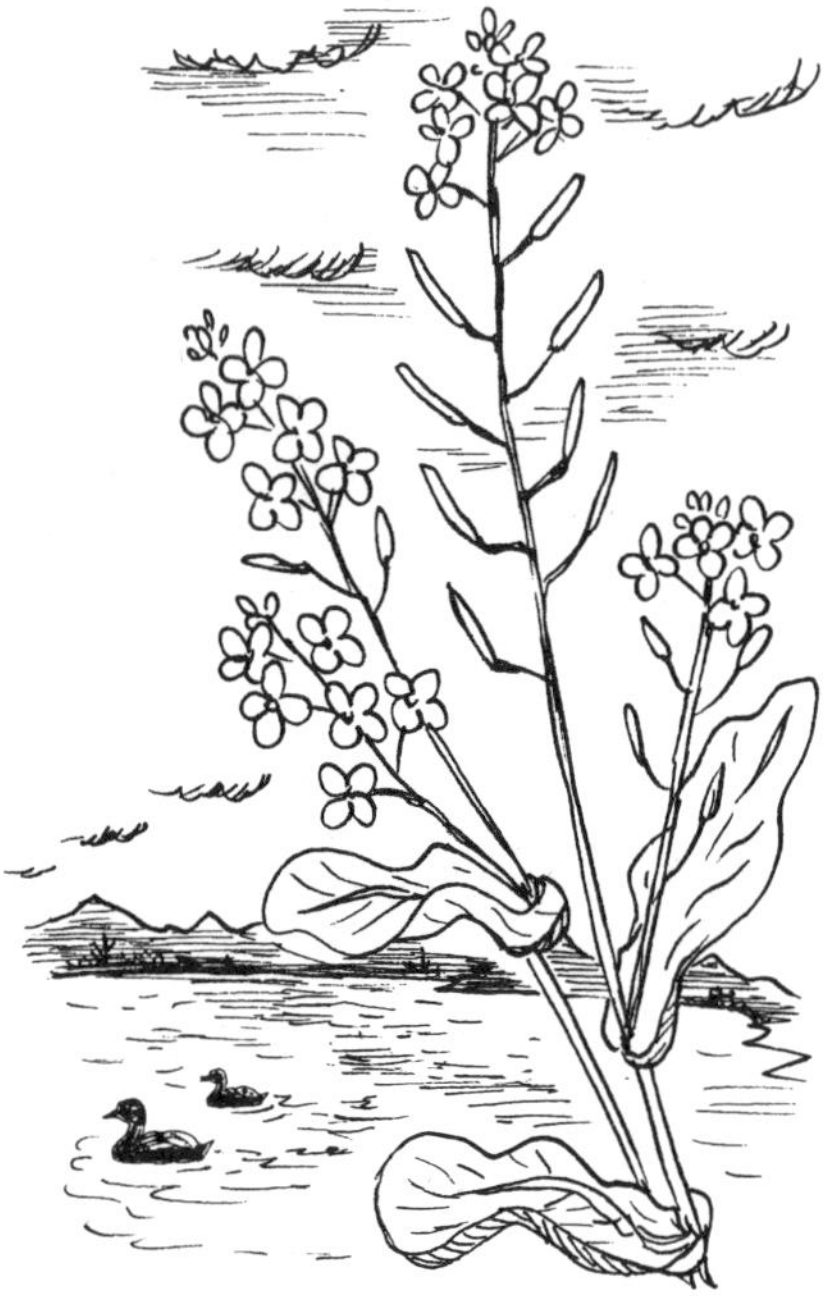

答えは一二五ページ

1 俳句入門クイズ──五・七・五で考えよう

短歌は、五・七・五・七・七の三十一拍（音）でできています。俳句はその短歌の上の五・七・五が独立してできた、世界で最も短い定型詩です。

短歌　〇〇〇〇〇 五　〇〇〇〇〇〇〇 七　〇〇〇〇〇 五　〇〇〇〇〇〇〇 七　〇〇〇〇〇〇〇 七

俳句　〇〇〇〇〇 五　〇〇〇〇〇〇〇 七　〇〇〇〇〇 五

ふるいけや　かわずとびこむ　みずのをと　（古池や蛙飛こむ水のをと　芭蕉）

では、五・七・五のクイズです。①～④の　□　の中に入る言葉を囲みの中から選んでください。

① いくたびも　□　尋ねけり
② 幾巾きのふの空の　□
③ □　月光降りぬ貝割菜
④ うつくしやせうじの穴の　□

　雪の深さを　　ひらひらと　　ありどころ　　天の川

47

答え

① いくたびも**雪の深さを**尋ねけり　正岡子規《まさおかしき》（季語《きご》／雪　季節／冬）

＊何度も何度も雪の深さをたずねたものだ。（子規が病気で寝ている時の句です。）

② 几巾きのふの空の**ありどころ**　与謝蕪村《よさぶそん》（季語／几巾　季節／冬）

＊空に几巾（凧《たこ》）が揚《あ》がっている。ああ、昨日と同じところだ。（作者は、まるで昔からそこに揚がっているようだと感じています。）

③ **ひらひらと**月光降りぬ貝割菜　川端茅舎《かわばたぼうしゃ》（季語／貝割菜　季節／秋）

＊ひらひらと月の光が降っている。芽が出た双葉《ふたば》の貝割菜へ。（まるで貝割菜が月の光を浴びてひらひらしているようにも感じられます。）

④ うつくしやせうじの穴の**天の川**　小林一茶《こばやしいっさ》（季語／天の川　季節／秋）

＊美しいなあ。障子の穴から見た天の川は。（破れた障子から見る天の川は一層美しく見えるのです。貧しい中でも風流《ふうりゅう》を味わっています。）

◆俳諧《はいかい》と言うと連句《れんく》、発句《ほっく》、俳文《はいぶん》、俳論《はいろん》のすべてを含みます。せまい意味では連句をさします。連句は、五・七・五の長句《ちょうく》と七・七の短句《たんく》を幾人《いくにん》かの作者が交互に付けてゆく文芸です。普通は合計三十六句からなります。発句とは、連句の最初の句という意味です。発句は連句とはかかわりなく、単独で作られるようになり、俳句が誕生しました。短くなったので、俳句には、工夫があります。それが、季語や切れ字《きじ》といったものです。

2　春の季語――おたまじゃくしを捕まえよう

俳句《はいく》には季語《きご》と言って、季節を表す言葉を、原則として一句に一つ使うことになっています。たとえば、

バスを待《ま》ち大路《おおじ》の春《はる》をうたがは《ワ》ず　石田波郷《いしだはきょう》

のようにです。この句の季語は、ずばり「春」です。暖かな大気の中、バスを待っていると、都会は間違いなく春めいているように感じられる。やがて来るバスもどこか良いところに乗せて行ってくれそうだ。「都大路《みやこおおじ》」を連想させる「大路」という華《はな》やかな言葉もよく働いています。

では、春の季語を線でつないでみましょう。おたまじゃくしを何匹捕まえられるでしょうか。

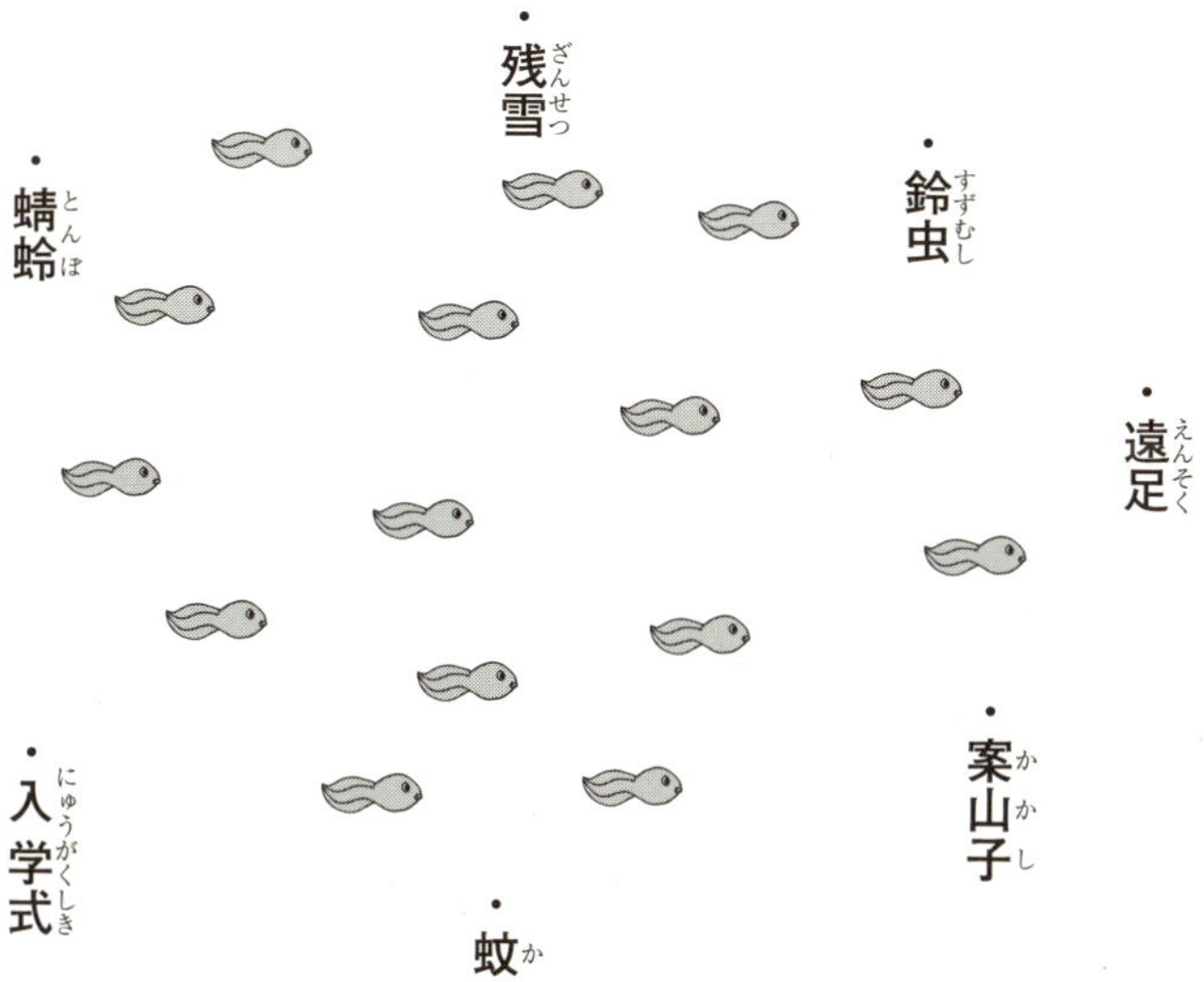

答え　七匹

季語は、昔の暦《こよみ》にしたがってできているものが多く、現在の季節感と多少異なるものもあります。

ちなみに、一句に季語が二つある場合は、「季重《きがさ》なり」といって嫌われます。句のイメージが分散するからです。

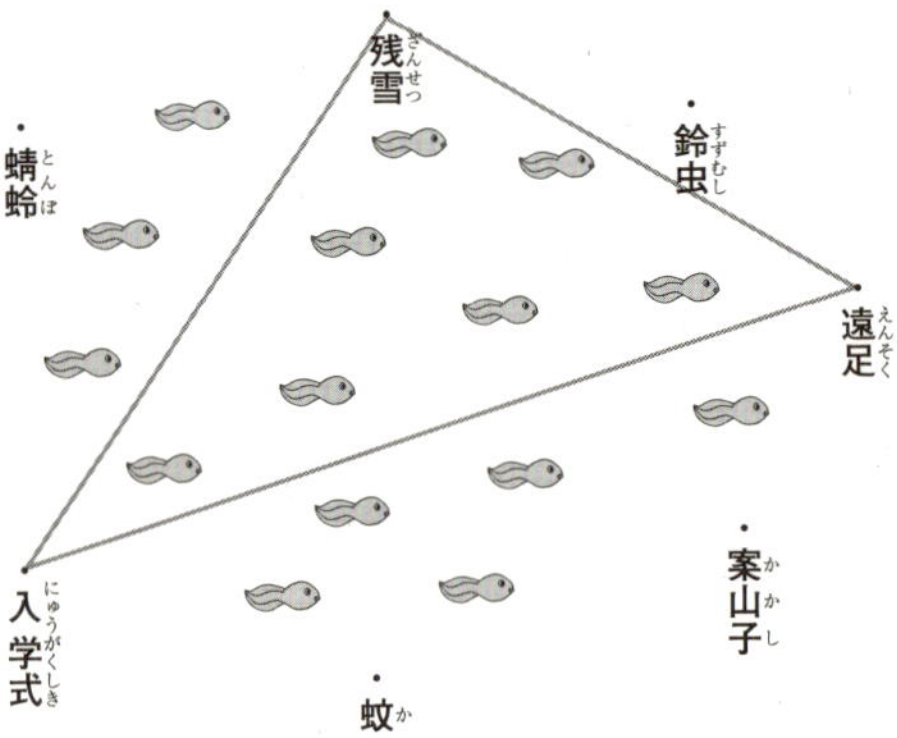

〈主な春の季語〉

●自然…二月《にがつ》　三月《さんがつ》　四月《しがつ》　暖《あたた》か　麗《うら》らか　朧月《おぼろづき》　陽炎《かげろう》　霞《かすみ》　風光《かぜひか》る　東風《こち》　残雪《ざんせつ》　春雷《しゅんらい》　雪崩《なだれ》　苗代《なわしろ》
花曇《はなぐも》り　花冷《はなび》え　春一番《はるいちばん》　春風《はるかぜ》　春惜《はるお》しむ　春《はる》の川《かわ》　水《みず》ぬるむ　雪解《ゆきど》け　ゆく春《はる》　立春《りっしゅん》　流氷《りゅうひょう》

●生活…風車《かざぐるま》　草餅《くさもち》　潮干狩《しおひが》り　しゃぼん玉《だま》　卒業《そつぎょう》　茶摘《ちゃつ》み　入学《にゅうがく》　花見《はなみ》　雛《ひな》　ブランコ　新入生《しんにゅうせい》

●動物…あさり　虻《あぶ》　うぐいす　蛙《かえる・かわず》　さえずり　桜貝《さくらがい》　雀《すずめ》の子《こ》　蝶《ちょう》　つばめ　蜂《はち》　雲雀《ひばり》

●植物…アネモネ　犬《いぬ》ふぐり　梅《うめ》　木《き》の芽《め》　辛夷《こぶし》　桜《さくら》　桜草《さくらそう》　シクラメン　じんちょうげ　すみれ　芹《せり》
たんぽぽ　チューリップ　土筆《つくし》　椿《つばき》　なずなの花《はな》　菜《な》の花《はな》　ねこやなぎ　ヒヤシンス　桃《もも》の花《はな》

3 夏の季語——絵を描こう

夏と言えば、「暑《あつ》い」ですね。「暑い」と言えば、芭蕉《ばしょう》の次の句《く》ですね。

暑《あつ》き日《ひ》を海《うみ》にいれたり最上川《もがみがわ》

「暑い一日を最上川が海に流し入れてくれたので、涼《すず》しさが感じられることだ」といったところでしょうか。

では、夏の季語《きご》を見つけて、同じ記号どうし、線でつないでみましょう。何の絵が出てくるでしょうか。

★鶴《つる》　○土筆《つくし》　★風呂《ふろ》

○松虫《まつむし》

★菜《な》の花《はな》

○日傘《ひがさ》　★雷《かみなり》　★滝《たき》　○蝸牛《かたつむり》

○初雪《はつゆき》

○金魚鉢《きんぎょばち》　○蛍《ほたる》

答え

ヨット

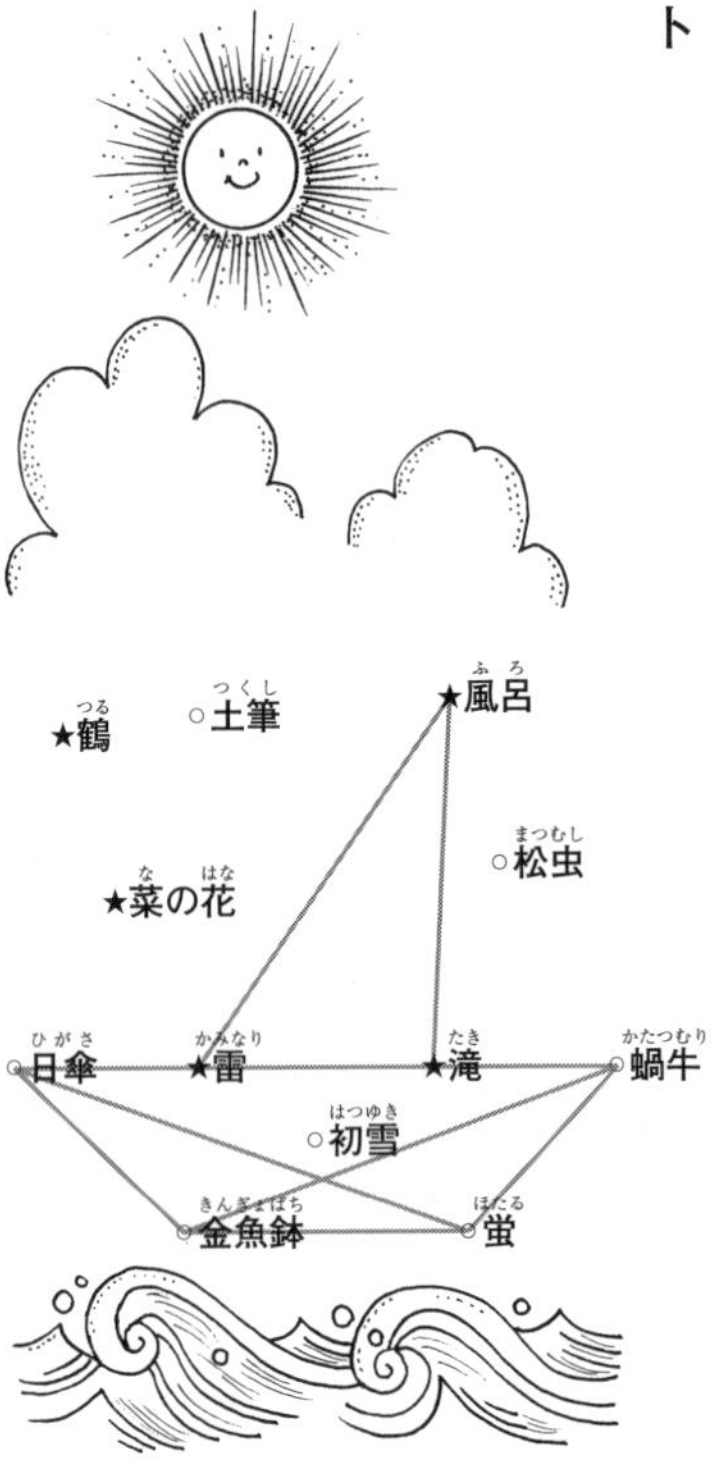

〈主な夏の季語〉

●自然…五月《ごがつ》　六月《ろくがつ》　七月《しちがつ》　青田《あおた》　泉《いずみ》　風薫《かぜかお》る　雲《くも》の峰《みね》　五月雨《さみだれ》　清水《しみず》　涼《すず》し　梅雨《つゆ》　虹《にじ》　夕立《ゆうだち》　夕焼《ゆうや》け

●生活…汗《あせ》　鵜飼《うか》い　打《う》ち水《みず》　梅干《うめぼ》し　泳《およ》ぎ　柏餅《かしわもち》　キャンプ　子《こ》どもの日《ひ》　更衣《ころもがえ》　水中花《すいちゅうか》　扇風機《せんぷうき》　心《ところ》太《てん》　走馬灯《そうまとう》　田植《たう》え　登山《とざん》　夏氷《なつごおり》　裸《はだか》　花氷《はなごおり》　花火《はなび》　母《はは》の日《ひ》　日傘《ひがさ》　昼寝《ひるね》　冷蔵庫《れいぞうこ》　風鈴《ふうりん》　祭《まつ》り

●動物…油虫《あぶらむし》　雨蛙《あまがえる》　あめんぼう　鮎《あゆ》　蟻《あり》　鰻《うなぎ》　蚊《か》　蝸牛《かたつむり》　郭公《かっこう》　蟹《かに》　甲虫《かぶとむし》　金魚《きんぎょ》　蜘蛛《くも》　海月《くらげ》　玉虫《たまむし》　天道虫《てんとうむし》　蟬《せみ》　とかげ　夏《なつ》の蝶《ちょう》　熱帯魚《ねったいぎょ》　蠅《はえ》　蜂《はち》の巣《す》　初鰹《はつがつお》　蛇《へび》　蛍《ほたる》　ほととぎす　百足《むかで》

●植物…青梅《あおうめ》　青柿《あおがき》　青葉《あおば》　紫陽花《あじさい》　苺《いちご》　瓜《うり》　枝豆《えだまめ》　桐《きり》の花《はな》　桜《さくら》の実《み》　桜桃《さくらんぼ》　百日紅《さるすべり》　菖蒲《しょうぶ》　新緑《しんりょく》　鈴蘭《すずらん》　竹《たけ》の子《こ》　トマト　茄子《なす》　夏草《なつくさ》　夏木立《なつこだち》　葉桜《はざくら》　蓮《はす》　花菖蒲《はなしょうぶ》　薔薇《ばら》　万緑《ばんりょく》　向日葵《ひまわり》　琵琶《びわ》　牡丹《ぼたん》　麦畑《むぎばたけ》　メロン　夕顔《ゆうがお》　百合《ゆり》　若葉《わかば》

4 秋の季語――トンボを捕まえよう

秋と言えば、「トンボ」。「トンボ」と言えば、正岡子規《まさおかしき》の有名なこの句《く》が思い浮かびます。

赤蜻蛉《あかとんぼ》筑波《つくば》に雲《くも》もなかりけり

では、秋の季語《きご》を線でつないでみましょう。トンボを何匹捕まえられるでしょうか。

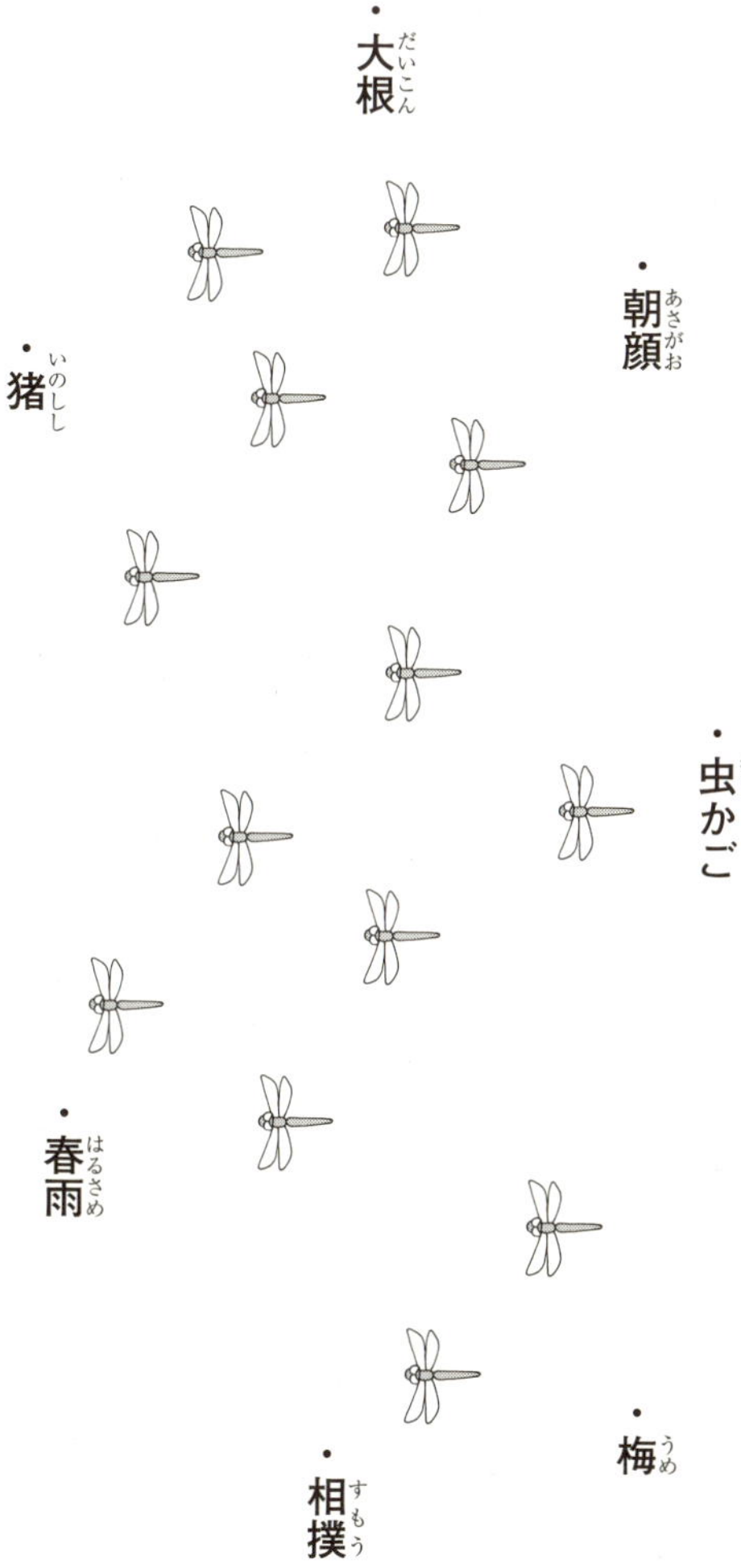

答え

六匹

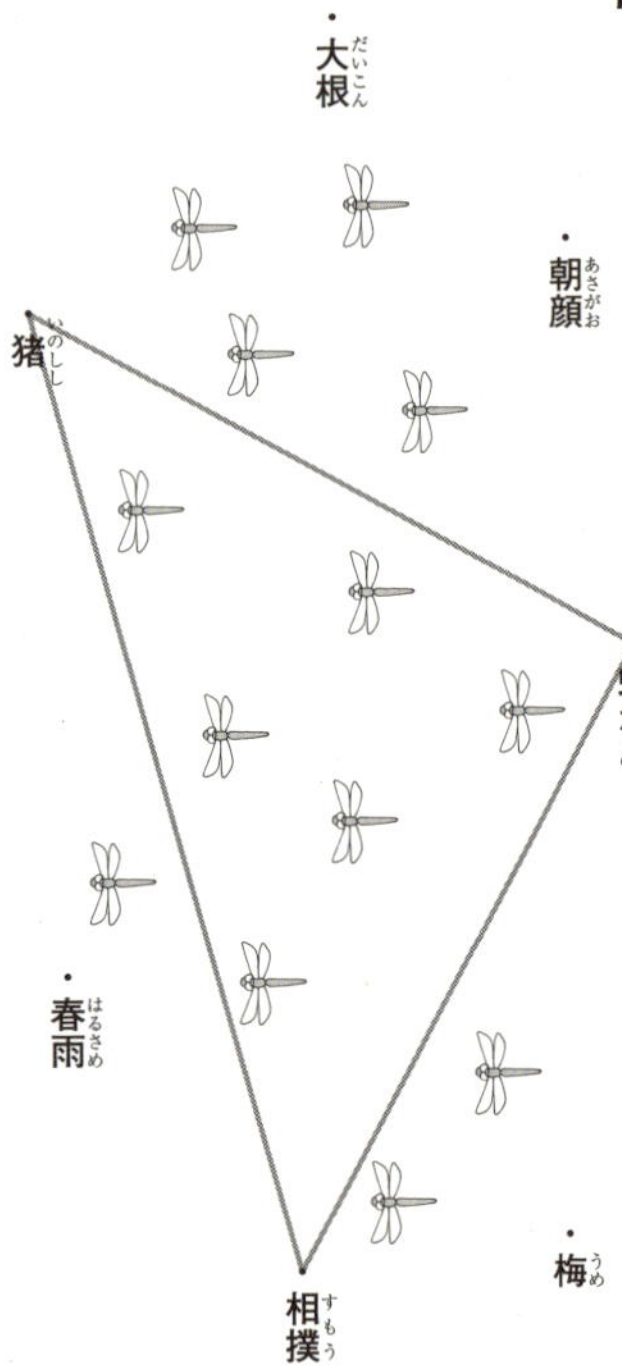

〈主な秋の季語〉

●自然…八月《はちがつ》　九月《くがつ》　十月《じゅうがつ》　秋風《あきかぜ》　秋空《あきぞら》　秋《あき》の夜《よる》　秋深《あきふか》し　天《あま》の川《がわ》　鰯雲《いわしぐも》　霧《きり》　今朝《けさ》の秋《あき》　爽《さわ》やか　残暑《ざんしょ》
台風《たいふう》　月《つき》　露《つゆ》　露《つゆ》の玉《たま》　流《なが》れ星《ぼし》　星月《ほしづき(く)》夜《よ》　名月《めいげつ》　夜寒《よさむ》　夜長《よなが》　行《ゆ》く秋《あき》　そぞろ寒《さむ》　十六夜《じゅうろくや》

●生活…赤《あか》い羽《はね》　秋《あき》の風鈴《ふうりん》　秋祭《あきまつ》り　稲刈《いねか》り　運動会《うんどうかい》　案山子《かかし》　菊人形《きくにんぎょう》　茸狩《きのこが》り　凶作《きょうさく》　新米《しんまい》　七夕《たなばた》
月見《つきみ》　墓参《はかまい》り　冬支度《ふゆじたく》　豊年《ほうねん》　干《ほ》し柿《がき》　盆踊《ぼんおど》り　虫《むし》かご　紅葉狩《もみじが》り　相撲《すもう》　障子貼《しょうじは》る　虫売《むしう》り

●動物…蟋蟀《こおろぎ》　鈴虫《すずむし》　法師蟬《ほうしぜみ》　虫《むし》の声《こえ》　雁《かり(がん)》　秋《あき》の蚊《か》　秋《あき》の蝶《ちょう》　芋虫《いもむし》　蛇穴《へびあな》に入《い》る　蜻蛉《とんぼ》　蟷螂《とうろう(かまきり)》
秋刀魚《さんま》　鹿《しか》　猪《いのしし》　鳥渡《しまわた》る　蝗《いなご》　啄木鳥《きつつき》　蓑虫《みのむし》　椋鳥《むくどり》　虫《むし》　渡《わた》り鳥《どり》　小鳥《ことり》　百舌《もず》　バッタ　頰白《ほおじろ》

●植物…秋草《あきくさ》　秋《あき》の七草《ななくさ》　朝顔《あさがお》　無花果《いちじく》　稲《いね》　白粉花《おしろいばな》　柿《かき》　南瓜《かぼちゃ》　菊《きく》　コスモス　ダリア　糸瓜《へちま》　茸《きのこ》　銀杏《いちょう》
栗《くり》　椎茸《しいたけ》　西瓜《すいか》　薄《すすき》　唐辛子《とうがらし》　団栗《どんぐり》　萩《はぎ》　芭蕉《ばしょう》　葡萄《ぶどう》　梨《なし》　猫《ねこ》じゃらし　紅葉《もみじ》　林檎《りんご》　松茸《まつたけ》

5　冬の季語――俳句迷路

冬の季語《きご》と言えば何と言っても「雪」ですが、ではこんな句《く》はどうでしょう。

限《かぎ》りなく降《ふ》る雪何《ゆきなに》をもたらすや　西東三鬼《さいとうさんき》

降ってくる雪を見上げると、こんな感じがしませんか。雪は無限に降ってくるように見えます。そして小さな人間の運命を支配するようにも見えます。そんな雪のすごさを見事に書きとめた句です。

では、冬の季語を集めながら、迷路《めいろ》を進みましょう。

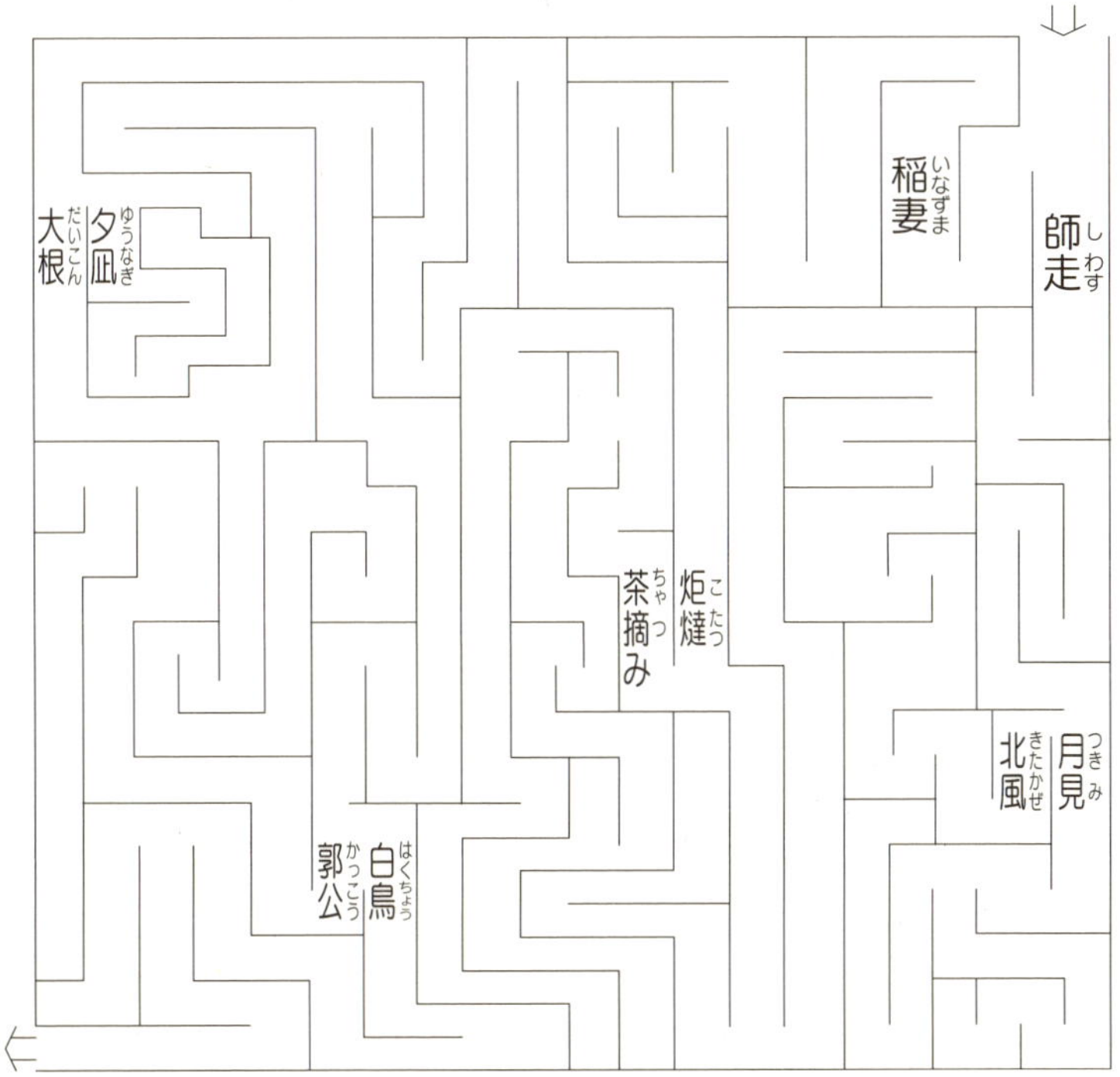

答え

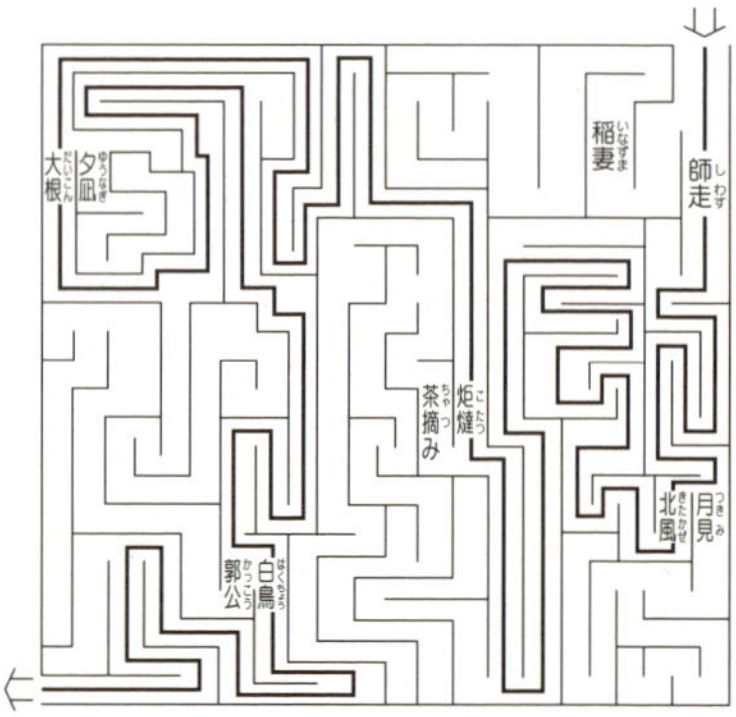

〈集めた冬の季語〉

師走　北風

炬燵　大根

白鳥

〈主な冬の季語〉

●自然…十一月《じゅういちがつ》　十二月《じゅうにがつ》　一月《いちがつ》　大晦日《おおみそか》　元日《がんじつ》　門松《かどまつ》　正月《しょうがつ》　師走《しわす》　新年《しんねん》　冬至《とうじ》　初日《はつひ》　初時雨《はつしぐれ》　初空《はつぞら》
空《から》っ風《かぜ》　枯《か》れ野《の》　寒夜《かんや》　北風《きたかぜ》　氷《こおり》　木枯《こが》らし　小春日《こはるび》　除夜《じょや》　節分《せつぶん》　山眠《やまねむ》る　氷柱《つらら》　冬《ふゆ》の海《うみ》　吹雪《ふぶき》

●生活…スキー　クリスマス　マスク　ストーブ　ラグビー　襟巻《えりま》き　書《か》き初《ぞ》め　風邪《かぜ》　炬燵《こたつ》　毛糸《けいと》　独楽《こま》
七五三《しちごさん》　除夜《じょや》　咳《せき》　大根引《だいこひ》き　竹馬《たけうま》　年賀《ねんが》　初詣《はつもうで》　福引《ふくび》き　蒲団《ふとん》　湯豆腐《ゆどうふ》　年玉《としだま》　年《とし》の市《いち》

●動物…鶴《つる》　白鳥《はくちょう》　兎《うさぎ》　狼《おおかみ》　狐《きつね》　狸《たぬき》　木菟《みみずく》　伊勢海老《いせえび》　牡蠣《かき》　鴨《かも》　熊《くま》　鷹《たか》　鱈《たら》　冬眠《とうみん》　初雀《はつすずめ》　河豚《ふぐ》　鷲《わし》
都鳥《みやこどり》　千鳥《ちどり》　冬《ふゆ》の雁《かり》(がん)　冬《ふゆ》の鳥《とり》　冬《ふゆ》の蠅《はえ》　冬《ふゆ》の蜂《はち》　水鳥《みずどり》　寒烏《かんがらす》　寒鯉《かんごい》　寒雀《かんすずめ》　鰤《ぶり》　初鶏《はつとり》　鮟鱇《あんこう》

●植物…大根《だいこん》　人参《にんじん》　滑子《なめこ》　蕪《かぶ》　牛蒡《ごぼう》　キウイ　葱《たまねぎ》　白菜《はくさい》　蓮根《れんこん》　蜜柑《みかん》　落《お》ち葉《ば》　枯《か》れ木《き》　枯《か》れ草《くさ》　枯《か》れ葉《は》
山茶花《さざんか》　冬木立《ふゆこだち》　冬草《ふゆくさ》　ポインセチア　雪折《ゆきお》れ　若菜《わかな》　帰《かえ》り花《ばな》　水仙《すいせん》　落葉《おちば》　シクラメン　葉牡丹《はぼたん》

6 松尾芭蕉の俳句①――閑さや□にしみ入蟬の声

松尾芭蕉《まつおばしょう》（一六四四―一六九四）は、元禄《げんろく》二（一六八九）年の夏の盛《さか》りに、今の山形県にある立《りっ》石寺《しゃくじ》というお寺をたずねました。立石寺は、険しい山の上にあります。芭蕉は、山の上へ登っていきます。そして山の上のお寺につくと、そこはとても静かな、蟬《せみ》の鳴き声だけが響《ひび》く別世界でした。

その時に芭蕉が詠《よ》んだのが次の句《く》です。□の中に入る言葉をア～エから選んで、この句を完成させましょう。

閑《しずか》さや□にしみ入蟬《いるせみ》の声《こえ》

＊静かだなあ。せみの声が□にしみこんでいく。

ア　山《やま》
イ　森《もり》
ウ　岩《いわ》
エ　空《そら》

答え

ウ

閑さや岩にしみ入蟬の声　（季語《きご》／蟬　季節／夏）

＊静かだなあ。せみの声が岩にしみこんでいく。

◆松尾芭蕉は、俳諧《はいかい》をすぐれた芸術に高めた人です。その芭蕉は、数多くの旅を通して名句を生み出しました。それらの旅の中でも、最も長い旅となったのは奥州《おうしゅう》（今の東北地方）への旅。四十五歳の春に、家も人にゆずり、弟子の曾良《そら》とともに旅立ちました。その時の句が左のものです。

草《くさ》の戸《と》も住替《すみかわ》る代《よ》ぞひなの家《いえ》

＊ゆずった家にも人がきた。おひなさまもかざってある。住む人が変われば家の様子も変わるものだ。

岩手県の平泉《ひらいずみ》に到着した芭蕉は、その場所が昔、藤原氏《ふじわらし》という力のある一族が住んでいた場所で、源義経《みなもとのよしつね》もそこで暮らしていたことに思いをはせて、左の句を詠みました。

夏草《なつくさ》や兵《つわものども》共がゆめの跡《あと》

＊夏草がおいしげった広い野原だ。ここで戦った武士たちがいたことが、今ではもう夢のようだ。

（この句については、詳しくは次のページのコラムを読んでください。）

この旅は、五カ月間、約二千四百キロメートルにも及《およ》びました。この旅をもとに書かれた紀行《きこう》文《ぶん》が『奥《おく》の細道《ほそみち》』（一〇三ページ参照）です。

コラム2　国破れて山河在り

「国破《くにやぶ》れて山河在《さんがあ》り」の書き出しで知られる左の詩は、詩聖《しせい》とも言われる杜甫《とほ》の『春望《しゅんぼう》』です。

春　望

国破山河在
城春草木深
感時花濺涙
恨別鳥驚心
烽火連三月
家書抵万金
白頭掻更短
渾欲不勝簪

国破《くにやぶ》れて山河在《さんがあ》り
城春《しろはる》にして草木深《そうもくふか》し
時《とき》に感《かん》じては花《はな》にも涙《なみだ》を濺《そそ》ぎ
別《わか》れを恨《うら》んでは鳥《とり》にも心《こころ》を驚《おどろ》かす
烽火《ほうか》三月《さんげつ》に連《つら》なり
家書《かしょ》万金《ばんきん》に抵《あた》る
白頭掻《はくとうか》けば更《さら》に短《みじか》く
渾《すべ》て簪《しん》に勝《た》えざらんと欲《ほっ》す

形式は五言律詩《ごごんりっし》（一二〇ページ参照）で、「深・心・金・簪」が韻字《いんじ》です。「国破れて」とは、当時の唐《とう》の都であった長安《ちょうあん》が、安禄山《あんろくざん》の乱《らん》の時に反乱軍に占領《せんりょう》され、破壊《はかい》されたことをさします。「城春にして」の「城」とは、一般的《いっぱんてき》な「城」ではなく、市街全体の意味であり、この場合は長安の街全体をさします。

杜甫は、四十歳を過ぎてからやっとの思いで官職に就《つ》いたものの、すぐに安禄山の乱が起こり、賊《ぞく》軍《ぐん》の手によって長安が陥落《かんらく》してしまいます。一度は家族のいる田舎《いなか》に逃げ出した杜甫でしたが、賊軍に捕らえられ、再び長安に送られるのです。そこで見たのは、昔の面影《おもかげ》もなく、破壊された街であり、人々の沈《しず》んだ様子だったのです。国や社会、家族の変化を思い、また、白髪《しらが》が抜《ぬ》け落ち、冠《かんむり》の簪《かんざし》さえもさすことができない自分自身の変化に悲しんでいる様子が伝わってきます。

安禄山の乱をきっかけに、唐の力は衰退《すいたい》の一途《いっと》をたどります。この乱によって、玄宗皇帝《げんそうこうてい》と楊貴妃《ようきひ》の悲劇が生まれ、白居易《はくきょい》の書いた『長恨歌《ちょうごんか》』につながっていくのです。

江戸時代の俳人《はいじん》である松尾芭蕉《まつおばしょう》が、『奥《おく》の細道《ほそみち》』の中で、

夏草《なつくさ》や兵　共《つわものども》がゆめの跡《あと》

という句《く》を残しています。これは、芭蕉が奥州平泉《おうしゅうひらいずみ》の中尊寺《ちゅうそんじ》を訪れた時、藤原三代《ふじわらさんだい》の興亡《こうぼう》を偲《しの》んで作ったものです。実は、この句の前に次のような文章が付記されています。

偖《さて》も義臣《ぎしん》すぐって此城《このしろ》にこもり、功名一時《こうみょういっとき》の叢《くさむら》となる。「国破《くにやぶ》れて山河《さんが》在《あ》り、城春《しろはる》にして草青《くさあお》みたり」と笠打敷《かさうちしき》て、時《とき》のうつるまで泪《なみだ》を落《おと》し侍《はべ》りぬ。

＊忠実な家臣たちを選《え》りすぐってこの城にこもり、その功名も一時のことであって、今はただの草むらとなっている。杜甫の「国が破れ滅びても、山や河《かわ》だけは昔のままの姿で残っている。荒廃《こうはい》した城にも春はめぐり来るが、草木だけが生い茂るばかりだ」の詩を思い浮かべ、笠を置いて腰をおろし、いつまでも栄枯盛衰《えいこせいすい》の移《うつ》ろいに涙したことであった。

松尾芭蕉も杜甫の詩を愛読し、心を寄せていたのでしょう。

7 松尾芭蕉の俳句②——俳句ビンゴ

松尾芭蕉《まつおばしょう》の句《く》を線でつないでください。

ビンゴになるところはア～クのどこでしょう。

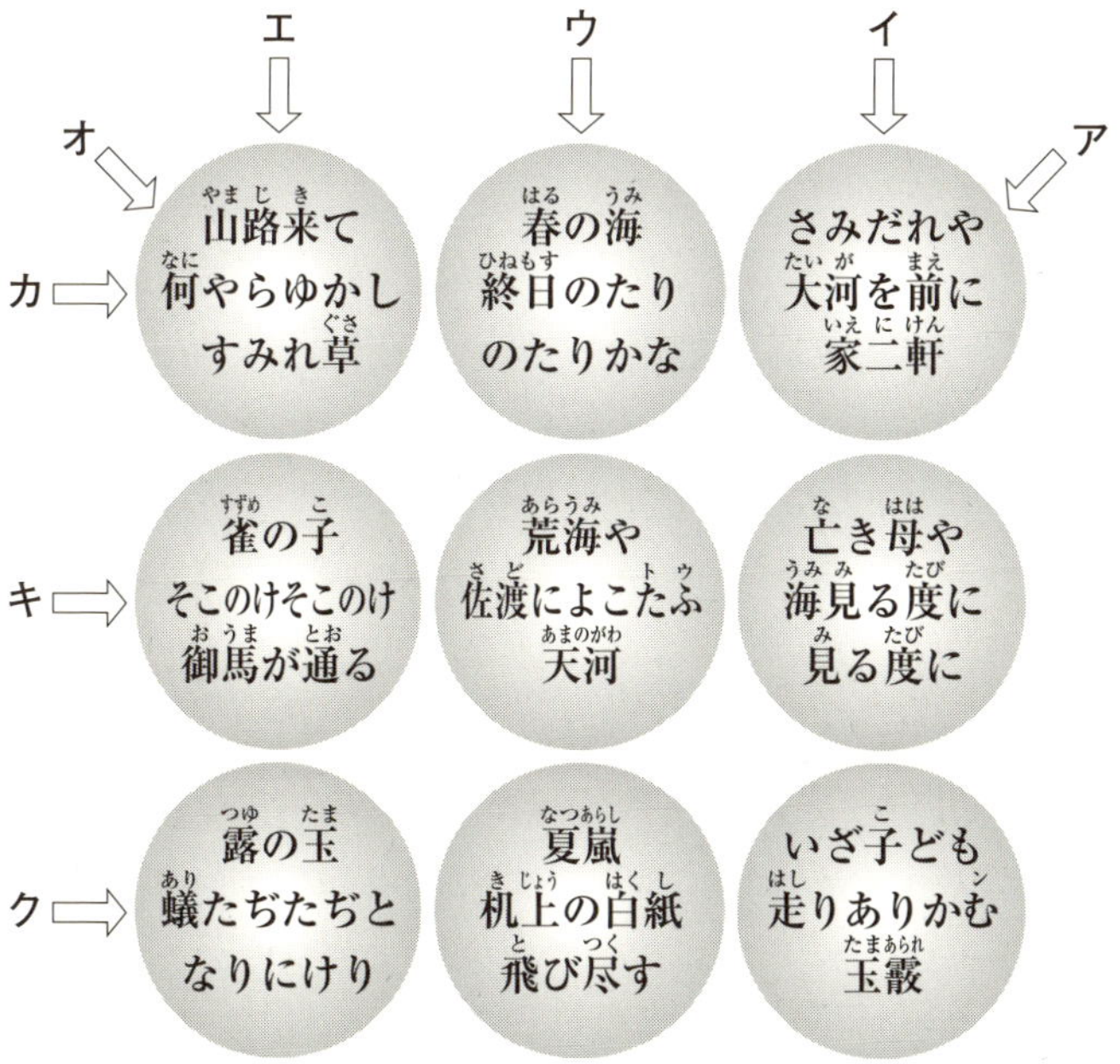

答え　オ

山路来て何やらゆかしすみれ草　松尾芭蕉（季語《きご》／すみれ草　季節／春）

＊山道をずっと歩いてきたら、道ばたに咲いているすみれの花に何となく心がひきつけられた。

荒海や佐渡によこたふ天河　松尾芭蕉（季語／天河　季節／秋）

＊波が激しい日本海の荒れた海。その彼方《かなた》に見える佐渡島《さどがしま》の上に、大きく天の川が横たわっている。

いざ子ども走りありかむ玉霰　松尾芭蕉（季語／玉霰　季節／冬）

＊さあ、子どもたちよ、走り回ろう、あられが降ってきたぞ。

さみだれや大河を前に家二軒　与謝蕪村《よさぶそん》（季語／五月雨　季節／夏）

＊梅雨《つゆ》の長雨《ながあめ》が降り続いている。その雨で増水した大きな川を前に、家が二軒並んで立っている。

春の海終日のたりのたりかな　与謝蕪村（季語／春の海　季節／春）

＊春の海は、一日中のたりのたりと動き続けていることだよ。

亡き母や海見る度に見る度に　小林一茶《こばやしいっさ》（季語／なし　季節／無季）

＊海を見る度に、大人になっても何度も亡くなった母を思い出す。

雀の子そこのけそこのけ御馬が通る　小林一茶（季語／雀の子　季節／春）

＊雀の子よ、そこをどいておくれ、どいておくれ、お馬が通る。

夏嵐机上の白紙飛び尽す　正岡子規《まさおかしき》（季語／夏嵐　季節／夏）

＊暑い夏の日、突然、涼《すず》しい風がさっと吹いてきて、机の上の白い紙がすべて飛んでいってしまった。

露の玉蟻たぢたぢとなりにけり　川端茅舎《かわばたぼうしゃ》（季語／露の玉　季節／秋）

＊葉についた露に、ありが尻込《しりご》みしてたじたじとなっている。

8 与謝蕪村の俳句——絵を見るような俳句

与謝蕪村《よさぶそん》（一七一六—一七八三）は画家としても才能を発揮し、絵を見ているような強い印象の句《く》を残しました。

次の①～③の句の出だし（上五《かみご》）に続く言葉を、下のア～ウから選んで組み合わせましょう。

① 稲妻《いなずま》や

② なの花《はな》や

③ 斧《おの》入《い》れて

ア　香《か》におどろくや冬木立《ふゆこだち》

イ　波《なみ》もてゆへ《エ》る秋津島《あきつしま》

ウ　月《つき》は東《ひがし》に日《ひ》は西《にし》に

与謝蕪村

答え

①…イ　稲妻や波もてゆへる秋津島　（季語／稲妻　季節／秋）

＊稲妻が光った。すると波に囲まれた日本の国全体が見えた。

「秋津島」は日本の古い名前です。稲妻がピカッと光った時に、見えるはずのない日本の姿が見えた、というのは蕪村ならではの想像力によるものでしょう。目の前に実際に見えてはいないはずの日本の形を描《えが》いた、不思議な俳句です。

②…ウ　なの花や月は東に日は西に　（季語／菜の花　季節／春）

＊なの花が一面に咲いていている。空の東にはのぼり始めた月が見え、西には沈《しず》もうとしている日が見えている。

菜の花畑に一面に広がる黄色。そして菜の花畑の両端に描かれている月と太陽。まるで美しい風景画のようです。画家としても活躍《かつやく》した蕪村の代表的な作品です。

③…ア　斧入れて香におどろくや冬木立　（季語／冬木立　季節／冬）

＊冬の木に斧を打ち下ろしたら、木の香りが強くただよってきてびっくりした。

きっと、蕪村は冬の木が枯《か》れているように思っていたのでしょう。でも木の内側は生きていて、生きた木のにおいから生命力を感じ、おどろいたのです。

◆俳句の五・七・五を、上から上五《かみご》・中七《なかしち》・下五《しもご》と言います。

9 小林一茶の俳句──暮らしと結びついた俳句

小林一茶《こばやしいっさ》（一七六三─一八二七）は苦しみの多い人生の中で、暮らしと深く結びついた人間らしい句《く》を多く作りました。

次の①～③の句の出だし（上五《かみご》）に続く言葉を、下のア～ウから選んで組み合わせましょう。

① む《ウ》まさ《ソ》うな

② 秋《あき》の夜《よ》や

③ 石仏《いしぼとけ》

ア　障子《しょうじ》の穴《あな》が笛《ふえ》を吹《ふ》く

イ　誰《たれ》が持《も》たせし草《くさ》の花《はな》

ウ　雪《ゆき》がふうは《ワ》りふは《ワ》り哉《かな》

小林一茶

答え

①…ウ　むまさうな雪がふうはりふはり哉　（季語／雪　季節／冬）

　＊おいしそうな雪がふわりふわりと落ちてくるよ。

一茶はふわふわと空から舞《ま》い降《お》りてくる雪を見て、おいしそうと思ったのです。皆さんも小さい頃、雪を食べてみたいなとか、おいしそうだなと思ったことはありませんか。

ちなみに、この句を詠《よ》んだ時、一茶は五十歳でした。

②…ア　秋の夜や障子の穴が笛を吹く　（季語／秋の夜　季節／秋）

　＊秋の夜がふけていく。障子の穴が風に吹かれて鳴り、笛を吹いているようだ。

秋の夜の風、しかも穴のあいた障子に吹き込む風というと、普通は物悲《ものがな》しい印象を持ちます。それを笛を吹いているようだと楽しむのが、苦しいことにも負けずに前向きに生きた一茶らしいところです。

③…イ　石仏誰が持たせし草の花　（季語／草の花　季節／秋）

　＊石の仏様が、花の咲いている草を持っている。誰が持たせてあげたんだろう。

一茶はこのように心温《こころあたた》まる句を多く残しました。

◆一茶は、小さい頃に親をなくし、江戸で一人暮らしを続けました。五十一歳で結婚《けっこん》しますが、四人の子どもと妻を次々と事故や病気でなくしました。その後も苦難が続きましたが、それにもめげず、六十四歳まで、親しみやすい句を作り続けた一生でした。

10 近現代の俳句①——正岡子規の俳句迷路

正岡子規《まさおかしき》（一八六七—一九〇二）の句《く》が、迷路《めいろ》にかくされています。さわやかな春の気分が表れた句《く》です。正しい句を完成させながら、迷路を通りましょう。

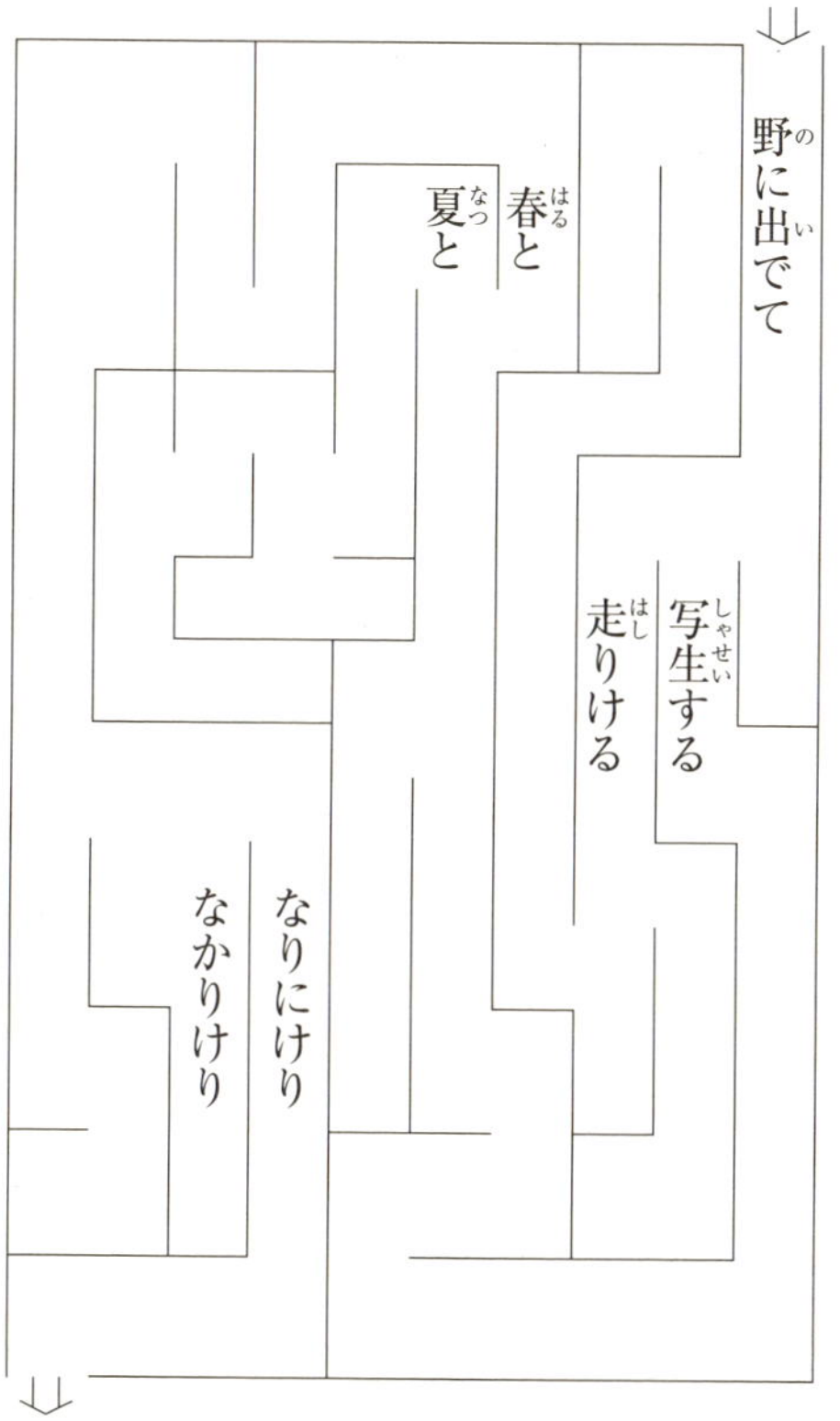

答え

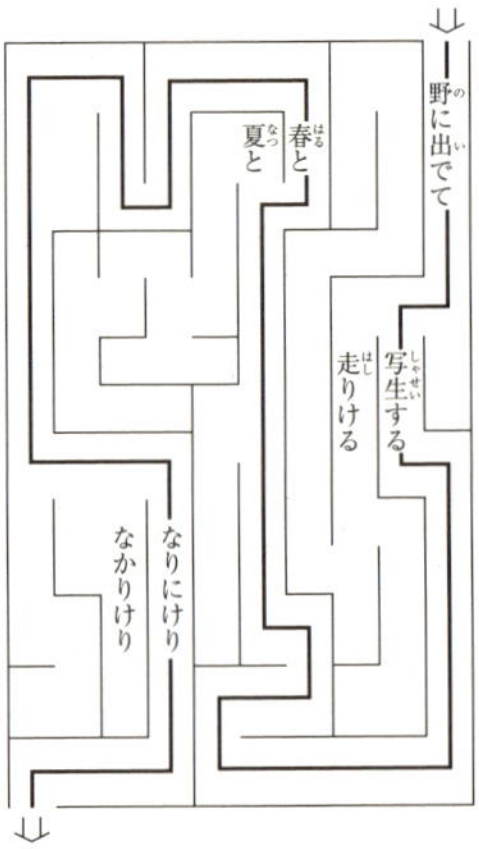

「柿食《かきく》へ《エ》ば鐘《かね》が鳴《な》るなり法隆寺《ほうりゅうじ》」など今も一般によく知られる句を多く残した正岡子規。彼は写実、写生を重視し、現実の生活の様子をありのままに写し出すことを大切にしました。

野に出でて写生する春となりにけり　（季語／春　季節／春）

＊野原に出て写生をする春の季節になったよ。

この句も、「写生」を勧めていますが、子規が俳句に関して写生を勧めていることを連想させます。しかし、実は病気によって部屋に寝込《ねこ》んだ状態でこの句を詠《よ》んでいたので、子規自身野原を想像しながらこの句を作ったに違いありません。

◆子規は「九つの人九つの場をしめてベースボールの始まらんとす」などと野球に関係のある句や歌を詠むなどして、「バッター」「ランナー」「フォアボール」「ストレート」などの外来語を「打者」「走者」「四球」「直球」と日本語に訳しました。文学を通じて野球の普及《ふきゅう》に貢献した子規は、平成一四年（二〇〇二年）、野球殿堂《でんどう》入りを果たしました。

子規は日本に野球が導入された最初の頃の熱心な選手でもあり、ポジションは捕手《ほしゅ》でした。自身の幼名《ようみょう》である「升《のぼる》」にちなんで、「野球《のぼーる》」という雅号《がごう》（ペンネーム）を用いたこともありました。

11　近現代の俳句②――高浜虚子の俳句迷路

高浜虚子《たかはまきょし》（一八七四―一九五九）の句《く》が、迷路《めいろ》にかくされています。春風を全身で感じている時に詠《よ》んだ句です。

正しい句を完成させながら、迷路を通りましょう。

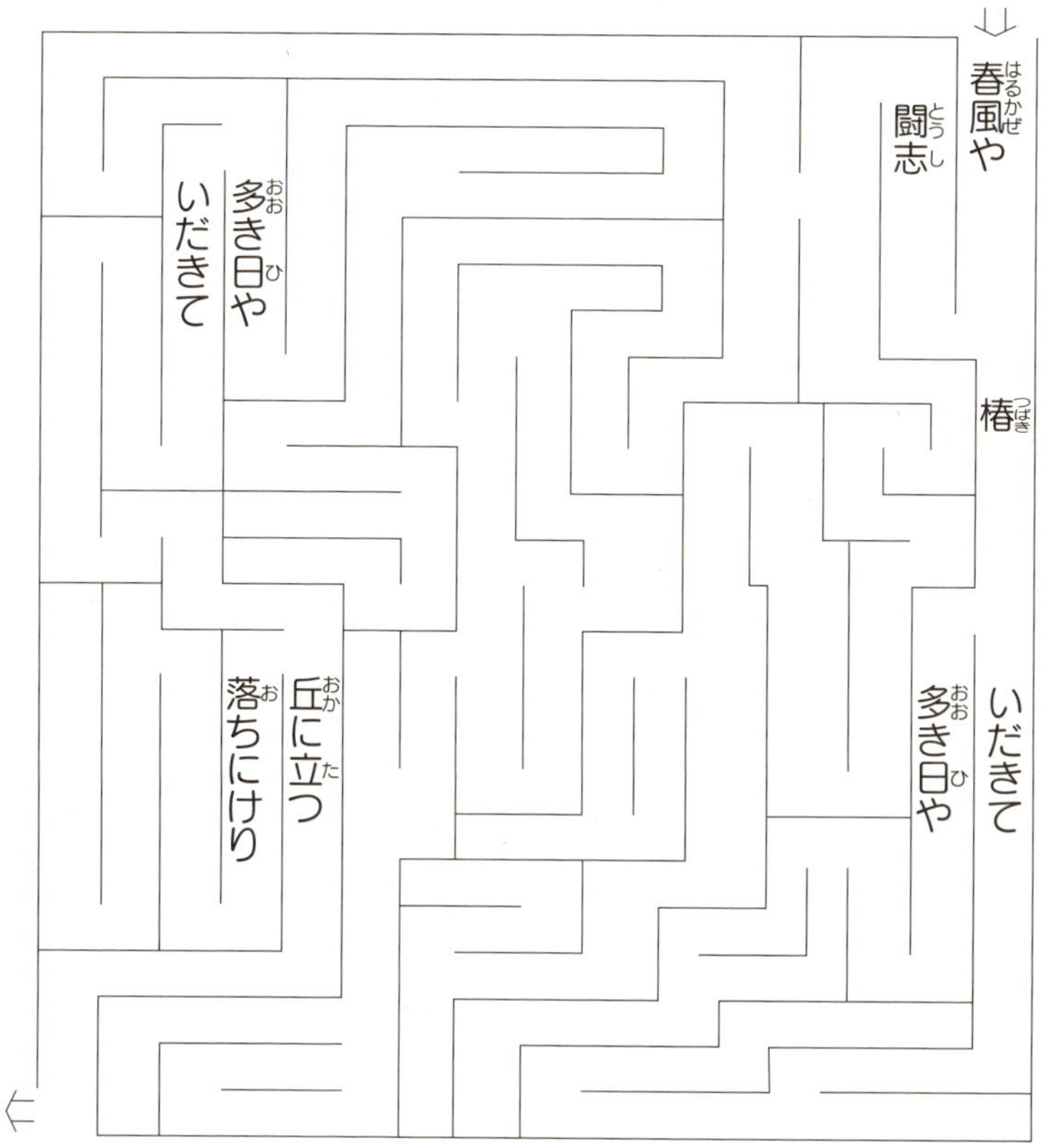

答え

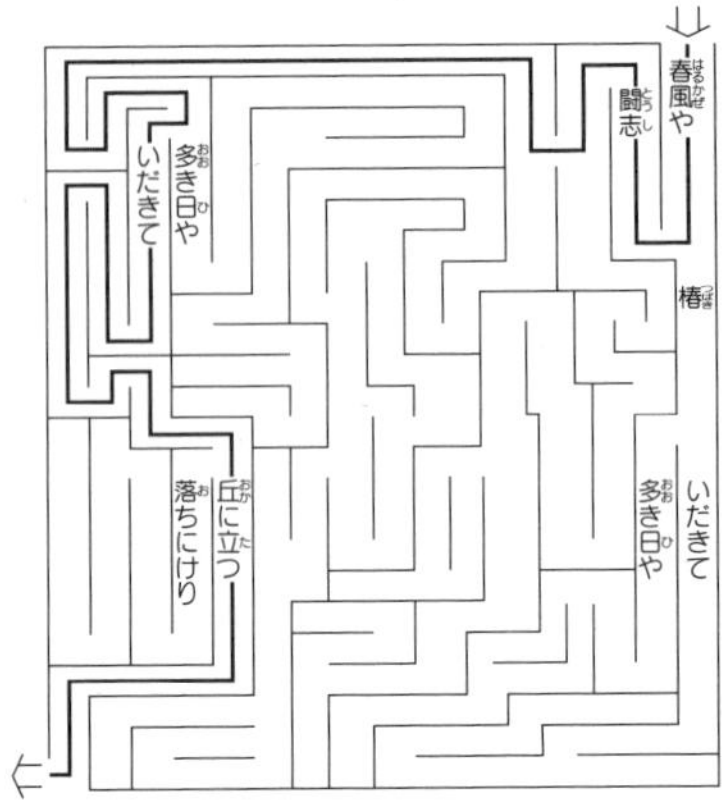

春風や闘志いだきて丘に立つ　（季語／春風　季節／春）

＊春風を受けながら、やる気と決意に満ちて、丘の上に立っている。

高浜虚子が俳句をやめ小説に専念している時に、同じく子規《しき》の弟子の河東碧梧桐《かわひがしへきごとう》が「新傾向俳句《しんけいこうはいく》」という作者の実感を大切にする俳句の書き方を全国に広めていました。

「春風や」の俳句は、虚子が、しばらくやめていた俳句を再開し、碧梧桐の「新傾向俳句」に対抗《たいこう》し、定型と季語《きご》を大切にする俳句の作り方を推し進めよう、と決意している時のものです。

さわやかな春風を受けながら、丘の上に立って決意を固めている姿が、目に浮かぶようです。

12 近現代の俳句③——杉田久女の俳句迷路

杉田《すぎた》久女《ひさじょ》（一八九〇―一九四六）の句《く》が、迷路《めいろ》にかくされています。社会に出て活躍《かつやく》したいと思いながらもなかできない近代の女性の句です。

正しい句を完成させながら、迷路を通りましょう。

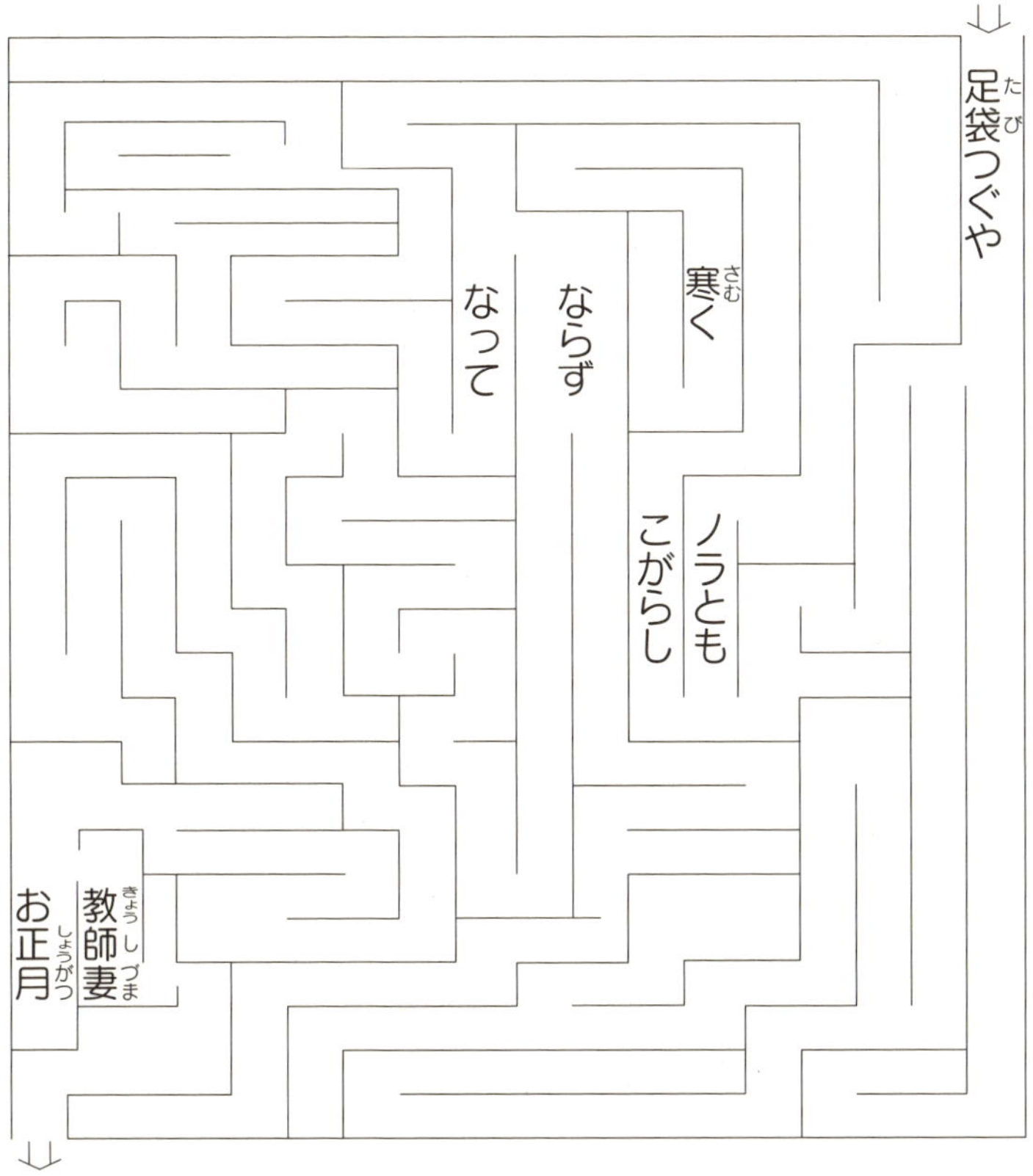

答え

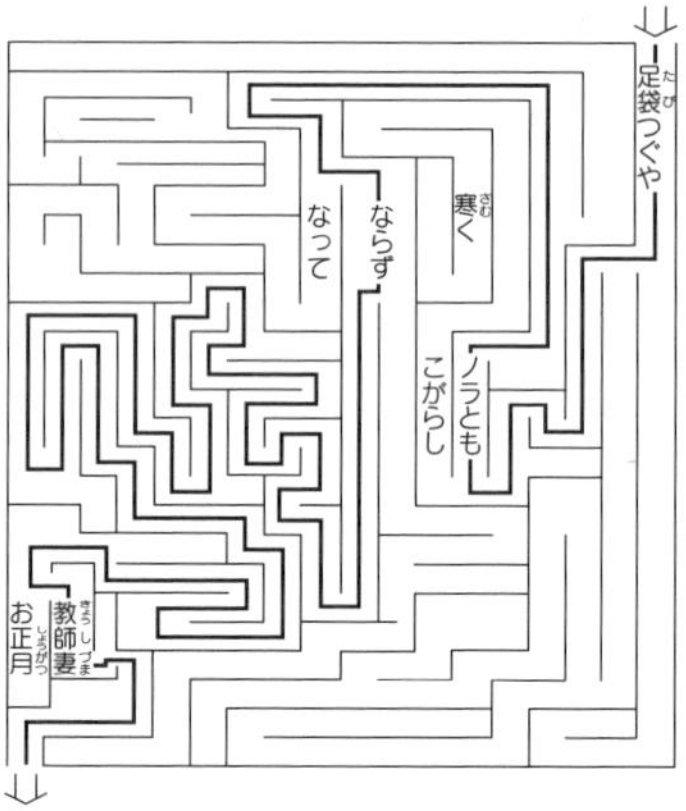

足袋つぐやノラともならず教師妻　（季語／足袋　季節／冬）

＊足袋の破れを繕《つくろ》っている。あのノラのように家を出て行くこともない教師の妻である私よ。

イプセンの戯曲《ぎきょく》『人形の家』のヒロインであるノラは、今までの自分の生き方は人形でしかなかったと気付き、一人の人間として生きるために家を出て行きました。女性解放を宣言する作品とされ、日本では明治四十四年に上演され、評判になりました。

作者である杉田久女は、ノラのような生き方ができない自分をくやしく思っているのです。久女は才能あふれる女性でしたが、師の高浜虚子に最後は認められず、破門《はもん》されました。

風に落《お》つ楊貴妃《ようきひ》桜房《ざくらふさ》のまま　久女

13 生き物の出てくる俳句①――蠅・蛙・馬・蛍・蝶

①～⑤の俳句《はいく》の□に入る生き物は何でしょうか。上の生き物と俳句を線でつなぎましょう。

馬《うま》　・　　①　やれ打《うつ》な□が手《て》を摺足《すりあし》をする

蝶《ちょう》　・　　②　古池《ふるいけ》や□飛《とび》こむ水《みず》のを《オ》と

蠅《はえ》　・　　③　花散《はなち》るや耳《みみ》ふつ《ッ》て□のおとなしき

蛙《かわず》　・　　④　流産《りゅうざん》の妻《つま》よふたりの□の夜《よ》

蛍《ほたる》　・　　⑤　夏《なつ》の□日《ひ》かげ日《ひ》なたと飛《と》びにけり

答え

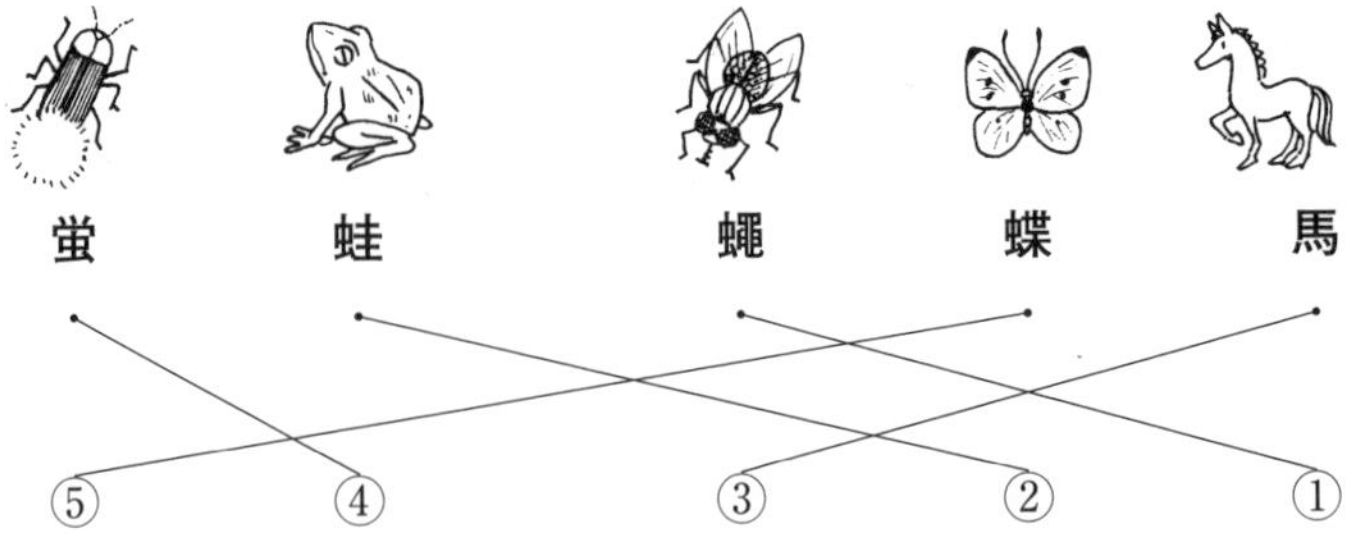

やれ打な蠅が手を摺足をする　小林一茶《こばやしいっさ》（季語／蠅　季節／夏）

＊おい、蠅を叩《たた》くなよ。手をすったり足をすったりして助けてと言っているじゃないか。

古池や蛙飛こむ水のをと　松尾芭蕉《まつおばしょう》（季語／蛙　季節／春）

＊庭の古い池のほとりにいると、蛙《かえる》が水の中に飛び込む音が聞こえた。水の音が聞こえたのち、またもとの静けさに戻った。

花散るや耳ふつて馬のおとなしき　村上鬼城《むらかみきじょう》（季語／花ちる　季節／春）

＊さくらの花が散っている。木の下にいる馬にもふりかかっているが、馬も花が散ってしまうのを感じているのか、耳をふって花びらをはらうと、おとなしくしている。

流産の妻よふたりの蛍の夜　長谷川素逝《はせがわそせい》（季語／蛍　季節／夏）

＊流産をしてしまった妻よ、せめて生まれてこなかった私たち二人の子の魂と思って蛍を一緒に眺めよう。

夏の蝶日かげ日なたと飛びにけり　高浜虚子《たかはまきょし》（季語／夏の蝶　季節／夏）

＊日かげに入ったり日なたに入ったりしてひらひらと夏の色鮮やかな蝶が飛んでいる。

14 生き物の出てくる俳句② ——蟻・蚊・雀・水鳥・桜貝

①〜⑤の俳句《はいく》の□に入る生き物は何でしょうか。上の生き物と俳句を線でつなぎましょう。

蟻《あり》・　①　□の花《はな》かと遊《あそ》ぶ星《ほし》の影《かげ》

蚊《か》・　②　□の道雲《みちくも》の峰《みね》よりつづきけん

雀《すずめ》・　③　ひく波《なみ》の跡美《あとうつく》しや□

水鳥《みずとり》・　④　□ばしらや棗《なつめ》の花《はな》の散《ち》るあたり

桜貝《さくらがい》・　⑤　冬枯《ふゆがれ》や□のありく戸樋《とい》の中《なか》

答え

蟻 — ②
蚊 — ④
雀 — ⑤
水鳥 — ①
桜貝 — ③

①　**水鳥** の花かと遊ぶ星の影　佐久間柳居《さくまりゅうきょ》（季語／水鳥　季節／冬）

＊水鳥が、花かと思って水に映った星の光とたわむれていることだ。

②　**蟻** の道雲の峰よりつづきけん　小林一茶《こばやしいっさ》（季語／蟻・雲の峰　季節／夏）

＊ありの列がずっと長く続いている。これはきっと、あの空に見える入道雲から続いてきたに違いない。

③　ひく波の跡美しく **桜貝**　松本《まつもと》たかし（季語／桜貝　季節／春）

＊波が引いていった跡は清浄《せいじょう》で美しい。そしてその清浄で美しい波打ち際《ぎわ》に残された美しい桜貝が一つ。（「美しく」は「跡」と「桜貝」にかかります。）

④　**蚊** ばしらや棗の花の散るあたり　加藤暁台《かとうきょうたい》（季語／蚊ばしら・棗の花　季節／夏）

＊夏の日が暮れて蚊柱がさびしく立っている。棗の白い花の散るあたりに。

⑤　冬枯や **雀** のありく戸樋の中　炭太祇《たんたいぎ》（季語／冬枯　季節／冬）

＊あたり一面枯れ果てて動くものもない冬の世界。ふと上から聞こえてくるかさこそという音。ああれは、雨どいを歩く雀だな。

15 江戸時代の俳人――私はだれでしょう？

江戸時代には、芭蕉《ばしょう》、蕪村《ぶそん》、一茶《いっさ》の他にも名高い俳人《はいじん》がいます。そんな俳人たち三人が、自己紹介をしています。

①～③の俳人は、それぞれ、だれでしょう。下のア～オから選びましょう。

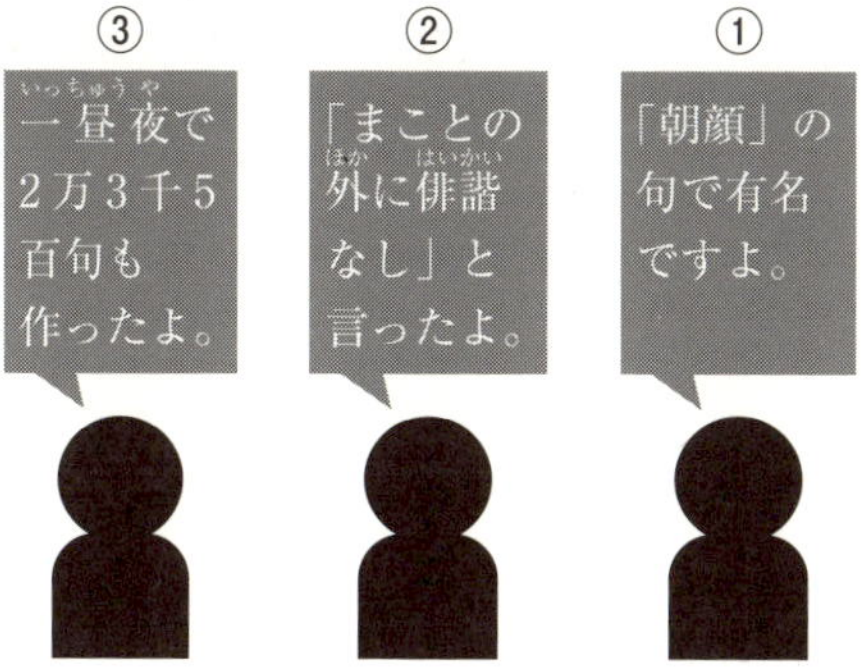
①
「朝顔」の句で有名ですよ。
②
「まことの外《ほか》に俳諧《はいかい》なし」と言ったよ。
③
一昼夜《いっちゅうや》で2万3千5百句も作ったよ。

ア　千代女《ちよじょ》
イ　井原西鶴《いはらさいかく》
ウ　宝井其角《たからいきかく》
エ　正岡子規《まさおかしき》
オ　上島鬼貫《うえじまおにつら》

答え　①…ア　②…オ　③…イ

●千代女（一七〇三―一七七五）　加賀国《かがのくに》（今の石川県）の松任《まっとう》の表具屋《ひょうぐや》に生まれました。十二歳頃から俳諧《はいかい》を学び、十六歳《さい》の時には地方の有名女流俳人《じょりゅうはいじん》でした。十七歳で各務支考《かがみしこう》に見出《みいだ》され全国的に有名になりました。五十一歳の時尼《あま》になり、素園《そえん》と名乗《なの》りました。句はやさしく少しばかり通俗的《つうぞくてき》です。しかし、今も多くの人に愛されています。

朝顔《あさがお》に釣瓶《つるべ》とられてもらひ《イ》水《みず》　（季語／朝顔　季節／秋）　※「釣瓶」は井戸の水を汲み上げるおけ。

●上島鬼貫（一六六一―一七三八）　摂津国《せっつのくに》（今の大阪府と兵庫県の一部）の伊丹《いたみ》の酒造《さかづく》りの家に生まれました。十三歳の時から俳諧を学び、芭蕉《ばしょう》より早く一六八八年に「まことの外に俳諧なし（俳諧はわざとらしくなく素直な心で詠《よ》むものだ）」と悟《さと》り、素直なやさしい句の作り方に進みました。擬態語《ぎたいご》・俗語《ぞくご》をよく使い、無季《むき》（季語《きご》なし）の句も作りました。

によつ《ツ》ぽりと秋《あき》の空《そら》なる不尽《ふじ》の山《やま》　（季語／秋の空　季節／秋）　※「不尽の山」は富士山。

●井原西鶴（一六四二―一六九三）　大坂《おおさか》の豊かな町人の家に生まれました。十五歳から俳諧を学び、西山宗因《にしやまそういん》の弟子となり、言葉を巧《たく》みに使った滑稽味《こっけいみ》ある句を作る談林《だんりん》の代表的な作家になりました。一昼夜でできる句の数を競う矢数俳諧《やかずはいかい》で、二万三千五百句を作り頂点に立ちました。のちに俳諧から小説に変わり、『好色一代男《こうしょくいちだいおとこ》』などを書きました。

大晦日《おおみそか》定《さだ》めなき世《よ》のさだめ哉《かな》　（季語／大晦日　季節／冬）

＊明日の生死など分からないこの世だが、大晦日は必ず掛取《かけと》り（借金取り）が来ることよ。

16 切れ字――□に入れよう

句《く》にリズムや感動の意味を添《そ》える働きをするのが、切れ字です。切れ字には「や」「かな」「けり」などがあります。

次の俳句《はいく》の□に切れ字を入れて、句を完成させましょう。

① 雪《ゆき》とけて村一《むらいっ》ぱいの子《こ》ども□

② 赤《あか》い椿《つばき》白《しろ》い椿《つばき》と落《お》ちに□

③ 残雪《ざんせつ》□ごうごうと吹《ふ》く松《まつ》の風《かぜ》

ア　や	イ　かな	ウ　けり

答え　①…イ　②…ウ　③…ア

① 雪とけて村一ぱいの子どもかな　小林一茶《こばやしいっさ》（季語／雪とけて　季節／春）

＊雪がとけ、村の子どもたちはいっせいに外に飛び出して遊んでいる。子どもが村いっぱいにたくさん出ているなあ。

② 赤い椿白い椿と落ちにけり　河東碧梧桐《かわひがしへきごとう》（季語／椿　季節／春）

＊赤い椿、白い椿と紅白の椿が落ちていったことよ。あざやかに。（この句は、「赤」という言葉が先にくることによって、「白」がきわだつ仕掛けになっています。）

③ 残雪やごうごうと吹く松の風　村上鬼城《むらかみきじょう》（季語／残雪　季節／春）

＊山にはまだ雪が残っている。この松林にもまだ冷たい風が吹き付け、その音がごうごうと鳴り響いている。

◆「や」「かな」「けり」の切れ字は、俳句に必ず使わなければいけないわけではありませんが、使われることが多く、感動や驚《おどろ》きなどの感情を句に添えてくれます。
「や」を入れると、句に切れ目ができて、一呼吸《ひとこきゅう》おく感じになり、句のイメージに広がりが増します。「かな」「けり」は感動をこめて言い切るときに使われ、多くは句の終わりにつけます。

17 川柳――□に入れよう

江戸時代の中頃に発生した川柳《せんりゅう》は、俳句《はいく》と同じように五、七、五の十七拍《はく》（音《おん》）の形式を持っています。しかし、俳句と違う一番の特徴は、季節を表す季語《きご》を必要としないことです。また、川柳の場合は切れ字を必要とせず、多くの場合、一句を一つのリズムで詠《よ》みます。

俳句のように余韻《よいん》の残る作品よりも、自分の思いをストレートに言い切り、人々の暮らしや社会の様子をユーモアや皮肉《ひにく》をきかせて表現したものが多くあります。

さて、次の川柳の□に入る言葉を漢字一字で考えましょう。

① 孝行《こうこう》のしたい時分《じぶん》に□はなし

② 本降《ほんぶ》りになって出《で》てゆく□宿《やど》り

③ □人《にん》の子《こ》はにぎにぎをまず覚《おぼ》え

答え

① 孝行のしたい時分に**親**はなし

＊親孝行をしたいな、と思ったときにはもう親は亡くなってしまっているものだ。子どもの頃や若い頃は、親孝行しようなどとあまり思わないものです。しかし、年をとって結婚《けっこん》し、自分にも子どもができて親の立場になると、子どもを育てる親の苦労がわかるものです。そこでその時になって親孝行しようと思うのですが、その時には親は亡くなっているかもしれないのです。親孝行は若いうちにしておきたいものですね。

② 本降りになって出てゆく**雨**宿《あまやど》り

＊雨がやむのを待って雨宿りをしているところから出ていこうと思っていたら、本降りになってやみそうにないころに出てゆくはめになってしまった。雨宿りとはそういうものだ。なんとなく、人生の機微《きび》を暗示《あんじ》していているようでおかしいですね。

③ **役**人《やくにん》の子はにぎにぎをまず覚え

＊役人の子はにぎにぎ（「手を握ったりひらいたりすること」と「わいろをもらうこと」をかけている）を真っ先に覚えるものだ。

本当に古今東西《ここんとうざい》、役人の汚職《おしょく》はなくならないものですね。

◆川柳という名は、川柳のもととなった前句付《まえくづ》けの判定者の柄井川柳《からいせんりゅう》の名前から来ました。

III 古文のクイズ

春はあけぼの。夏は夜。
秋は夕暮れ。冬はつとめて。

★古文いきなりクイズ――パズルで古語を覚えよう

昔の言葉を古語《こご》と言います。古語の中には、今私たちが使っている言葉とは違う言葉があります。

それでは、次の①～⑤のパズルをといてみましょう。「タテの鍵《かぎ》」「ヨコの鍵」に書かれた意味の古語を、下の□の中の「タテの古語」「ヨコの古語」から選んで入れてください。重なっているますには同じ文字が入りますよ。

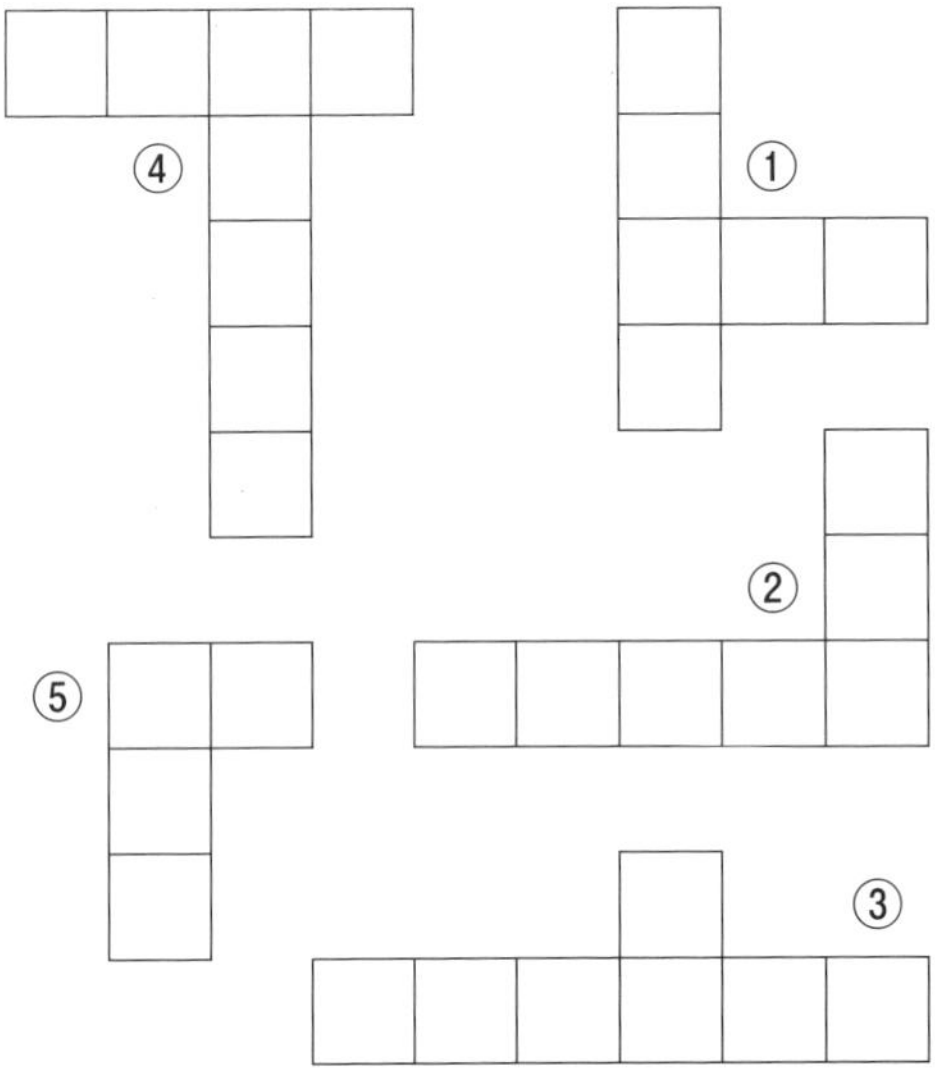

タテの鍵

①しだいに、やっと
②いとしい、かわいい
③ほんとうに、まさしく
④似《に》つかわしい、ふさわしい
⑤ひじょうに、すばらしい

ヨコの鍵

①そのまま、すぐさま
②情《なさ》けない、残念だ
③奥《おく》ゆかしい
④夜明け
⑤ひじょうに、ほんとうに

●タテの古語
いみじ　きらきらし　や《ヨ》うや《ヨ》う
かなし　つきづきし　げに

●ヨコの古語
あかつき　いと　こころうし
こころにくし　いも　やがて

答えは一二六ページ

1　古文入門クイズ①――昔と今を比べてみよう〈文語表現〉

昔の文章には、今の文章で使われる表現とは異なる表現が出てきます。そのような表現を文語《ぶんご》表現と言います。

それでは、まずは挑戦《ちょうせん》してみましょう。左のことわざの傍線の部分には文語表現が含《ふく》まれています。今の表現になおしてみましょう。

① 頭隠《あたまかく》して尻隠《しりかく》さず

② 良薬《りょうやく》は口《くち》に苦《にが》し

③ 転《ころ》ばぬ先《さき》の杖《つえ》

④ 光陰《こういん》矢《や》のごとし

答え

① **隠さない**（「ず」は「～ない」という意味。）

「頭隠して尻隠さず」は、悪いことの一部を隠して、全体を隠したつもりでいること。

同じ「ず」を使って、食べ物を食べる前から好き嫌いすることを「食《く》わず嫌《ぎら》い」と言います。

② **苦い**（「苦し」は「苦い」の昔の形。）

「良薬は口に苦し」は、「よくきく薬は苦い」ということから、「ためになる忠告は聞きづらい」ということ。

③ **転ばない**（この「ぬ」は、①の「ず」の形が変わったもので、「～ない」という意味。）

「転ばぬ先の杖」は、失敗しないように前もって気をつけること。

④ **ようだ**（「ごとし」は「～のようだ」という意味。）

「光陰矢のごとし」の「光」は日、「陰」は月のことで、「矢のごとし」は「矢のようにはやい」ようすを表すことから、全体では「月日の経《た》つのははやい」ということ。

◆文語表現は映画や小説の題名や、歌の歌詞などにも見られます。たとえば、アメリカの映画の題名「風と共に去《さ》りぬ」の「ぬ」は「～してしまった」という意味で、全体を今の表現になおすと「風とともに去ってしまった」となります。この題名は、南北戦争という「風」とともに、当時絶頂《ぜっちょう》にあったアメリカ南部の貴族的文化社会が消え「去った」ことを意味します。

②　古文入門クイズ②――昔と今を比べてみよう（古典仮名遣い）

ひらがなで言葉を表すときのきまりも、今と昔では異なります。今のものを「現代《げんだい》仮名《かな》遣《づか》い」、昔のものを「古典《こてん》仮名《かな》遣《づか》い」と言います。

現代仮名遣いと古典仮名遣いの区別は難しいものです。皆さんが文章を書く時なども「じ」と「ぢ」、「ず」と「づ」の区別は難しいでしょう。他にも、昔は「きょう（今日）」を「けふ」と書いたり、「言う」を「言ふ」と書いたり、今では使わない「ゐ」（い）や「ゑ」（え）を使ったりしていました。

それでは、次の文の中から古典仮名遣いを探し、現代仮名遣いになおしてみてください。二カ所あるものもあります。（古典仮名遣いでは拗音《ようおん》・促音《そくおん》は本来小書《こが》きにしませんが、ここでは小書きにしています。）

① 学校へ行くあひだににじが見えた。

② 君とはいづれまた話すことになるよ。

③ 友人の手は、こほりのやうにつめたかった。

④ 二階のまどからぼくをよぶ母のこゑがきこえた。

⑤ 朝になるまで、ぢっとしてゐた。

答え

① あひだ→あいだ（古典仮名遣いの言葉の最初以外の「ひ」は、現代仮名遣いでは「い」となる。）
② いづれ→いずれ（古典仮名遣いの「づ」は、現代仮名遣いでは「ず」となるものが多い。）
③ こほり→こおり（古典仮名遣いの言葉の最初以外の「ほ」は、現代仮名遣いでは「お」となる。）
やうに→ように（古典仮名遣いの「やう」は、現代仮名遣いでは「よう」となる。）
④ こゑ→こえ（古典仮名遣いの「ゑ」は、現代仮名遣いでは「え」となる。）
⑤ ぢっと→じっと（古典仮名遣いの「ぢ」は、現代仮名遣いでは「じ」となるものが多い。）
ゐた→いた（古典仮名遣いの「ゐ」は、現代仮名遣いでは「い」となる。）

◆「じ」と「ぢ」、「ず」と「づ」は、問題の⑤と②にも出てきたように、現代仮名遣いでは「じ」「ず」が基本で、「ぢ」「づ」の多くは古典仮名遣いです。

けれども、現代仮名遣いでも「ぢ」「づ」が使われる場合もあります。

（例）「ぢ」ちぢむ、まぢか、はなぢ、そこぢから、いれぢえ、ゆのみぢゃわん
「づ」つづく、みかづき、おこづかい、てづくり、はこづめ、かたづけ

◆現代仮名遣いでも、「～は」「～へ」「～を」は、「～わ」「～え」「～お」と表記せず、古典仮名遣いと同じです。

3 『竹取物語』――昔の仮名遣い「ふ」「ゐ」「づ」

今は昔、竹取《たけとり》の翁《おきな》といふ者《もの》ありけり。野山にまじりて竹を取りつつ、よろづ《ズ》のことに使ひ《イ》けり。名をば、さかきの造《みやつこ》となむ《ン》いひ《イ》ける。

その竹の中に、もと光る竹なむ《ン》一筋《ひとすじ》ありける。あやしがりて寄りて見るに、筒《つつ》の中光《なかひか》りたり。それを見れば、三寸《さんずん》ばかりなる人、いとうつくしうてゐたり。

翁いふ《ウ》や《ヨ》う、「我朝《われあさ》ごと夕《ゆうべ》ごとに見る竹の中におは《ワ》するにて知りぬ。子となりたまふ《モウ》べき人なめり。」とて、手にうち入れて家へ持ちて来《き》ぬ。妻《め》のおうなにあづけて養は《ワ》す。うつくしきことかぎりなし。いとを《オ》さなければ、籠《こ》に入れて養ふ《ウ》。

（『竹取物語《たけとりものがたり》』）

このような昔の文章を古文《こぶん》と言います。古文の基本は千年以上前の平安時代にできました。ですから、当然今の文章とは違うところがたくさんありますね。仮名遣《かなづか》いも、八七ページの「古文入門クイズ②」で学んだように、昔と今では違っているものがあります。

それでは、右の文章の中の傍線の言葉は、今の仮名遣いではどのように書くでしょうか。

①　いふ　　②　ゐたり　　③　あづけて

答え ①いう　②いたり　③あずけて

【口語訳】

今となっては昔のことだが、竹取の翁という者がいた。野山に分け入って竹を取りながらいろいろなことに使っていた。名を、さかきの造といった。

（ある日、いつものように竹を取っていると）竹の中に、根元の光る竹が一本あった。不思議に思って近寄って見てみると、筒の中が光っていた。それを見ると、三寸ほどの人が、とてもかわいらしい様子ですわっていた。

翁が言うには、「私が毎朝毎晩見る竹の中にいらっしゃったので分かった。私の子とおなりになるはずの人のようだ。」と言って、手の中に入れて家へ持って帰ってきた。妻の老婆《ろうば》にあずけて育てさせた。かわいらしいことはこのうえない。とても小さいので、かごに入れて育てた。

◆多くの人が一度は読んだことがある昔話『かぐや姫《ひめ》』。そのもととなったのがこの『竹取物語』です。平安時代初期に書かれた、かな書きによる日本最古の物語で、「物語の祖《おや》」と言われています。作者は分かっていません。話のもとは、中国の古い伝説に由来しているという説もあります。

4 『枕草子』――冬は一日の中でいつがいい？

春はあけぼの。やうやう《ヨヨ》白くなりゆく山ぎは《ワ》、すこしあかりて、紫《むらさき》だちたる雲のほそくたなびきたる。
（『枕草子《まくらのそうし》』）

これは清少納言《せいしょうなごん》が書いた『枕草子』の出だしの文で、「春はあけぼの（明け方）がいい」と言って、その理由を述べています。清少納言はこの文に続けて「夏は夜、秋は夕暮れがいい」と言ったあと、冬について左のように書いています。

冬はつとめて。雪の降りたるはいふ《ウ》べきにもあらず、霜《しも》のいと白きも、またさらでもいと寒きに、火など急ぎおこして、炭もて渡るもいとつきづきし。昼になりて、ぬるくゆるびもていけば、火桶《ひおけ》の火も白き灰がちになりてわろし。
（『枕草子』）

さて、冬は一日の中でいつがいいと言っているでしょうか。春の文と比べて、考えてみましょう。

ア　早朝　　イ　昼ごろ　　ウ　夕方　　エ　夜ふけ

答え　ア

【口語訳】

春は明け方がいい。しだいに白くなっていく山ぎわの空が少し明るくなって、そこに紫がかった雲が細くたなびいているのがよい。

冬は早朝がいい。雪の降っているのは言うまでもないが、霜がとても白いのも、またそうでなくてもとても寒い朝に、火などを急いでおこして、炭を持って運んでいく様子もたいそうふさわしい。昼になって、寒さがだんだんゆるんでいくと、丸火鉢《まるひばち》の火も白い灰ばかりになって趣《おもむき》がない。

「つとめて」は古語《こご》（昔の言葉）で早朝の意味です。「霜のいと白きも」「火など急ぎおこし」の部分を読んでも、朝の風景と推測することができます。清少納言は寒さに強かったようで、「冬はいみじう寒き」（冬は寒いほど冬らしくていい）と言っています。

◆『枕草子』は、平安時代、中宮定子《ちゅうぐうていし》に仕《つか》えていた清少納言が、宮廷《きゅうてい》生活を中心に自然や人生についての感想などを書いた随筆集《ずいひつしゅう》です。「をかし」（趣がある、愛らしい）という言葉が多く用いられていて、この言葉を作者が美意識の基準としてとらえていることが分かります。

コラム3　貴族の生活と文化

平安時代の貴族たちの生活で特に重要視されたのが、多くの年中行事です。年中行事と言っても、祭礼《さいれい》や神事《しんじ》、政治に関するものなど、その一切《いっさい》を含《ふく》んでいます。祭礼や神事に関するものが多いのは、奈良時代前後に行われていた「祭政一致《さいせいいっち》」の影響《えいきょう》とも考えられています。

こういった年中行事は、暦《こよみ》を基準として生活を規則づける意味があり、生活にめりはり――ほどよい緊張感《きんちょうかん》やゆとり――を与えるものでもありました。現在の私たちの生活の中でも、七草《ななくさ》や衣《ころも》更《が》え、端午《たんご》の節句《せっく》、七夕《たなばた》、月見《つきみ》などが行われています。

当時の出産は生命の危険を伴うものであったので、出産時には安産祈願《あんざんきがん》が行われました。無事《ぶじ》に出産がすむと、生まれた子どものために様々な儀式《ぎしき》があったそうです。

そして、通常は七日目の夜に名前が付けられました。その後、五十日目に「五十日《いか》」の祝い、百日目に「百日《ももか》」の祝いがあり、重湯《おもゆ》の中に餅《もち》を入れて赤ちゃんの口に含ませました。

その後、男児も女児も三歳から七歳くらいの間に初めて袴《はかま》をつける「袴着《はかまぎ》（着袴《ちゃっこ》）」という儀式がありました。

男子の成人式を「元服《げんぷく》」と言って、十一歳から十七歳くらいの間に行われました。元服前の男児は、「童《わらわ》」と呼ばれました。元服では大人の衣服を身に付け、髪型《かみがた》を整えて冠《こうぶり》をつけたので「初冠《ういこうぶり》」とも言いました。女子の場合は「裳着《もぎ》（着裳《ちゃくも》）」と言い、十二歳から十四歳くらいの間に行われ、男子と同じように大人の衣服を着て裳《も》をつけました。同時に髪の毛を結い上げる「髪上げ」をして、結婚《けっこん》の準備が整ったことを披露《ひろう》しました。

当時は寿命《じゅみょう》が短く、四十歳《さい》を過ぎると老人と見なされ、「四十《しじゅう》の賀《が》」として「初賀《はつが》」という儀式がありました。この後、「五十《ごじゅう》の賀」「六十《ろくじゅう》の賀」があったそうです。江戸時代あたりからは、還暦《かんれき》（六十歳）、古希《こき》（七十歳）、喜寿《きじゅ》（七十七歳）、米寿《べいじゅ》（八十八歳）なども「算賀《さんが》」として祝うようになりました。

平安時代の貴族は、余裕のある暮らしから、多様な趣味《しゅみ》があったと言われています。武芸《ぶげい》を高めるために始められた「鷹狩《たかが》り」、平安時代後期には「蹴鞠《けまり》」が、その代表的なものです。

鷹狩りは「放鷹《ほうよう》」とも呼ばれ、飼い慣らした鷹を放して、小鳥や小動物を捕まえさせる狩りのことです。戦国時代の織田信長《おだのぶなが》も好んで鷹狩りをしたと言われています。

「蹴鞠」は、鞠を地面に落とさないように蹴り続ける遊びで、四すみに「懸《か》かり」という松・桜・柳《やなぎ》・楓《かえで》の木を植え、その下枝《しずえ》を蹴り上げる高さの目安《めやす》にしたそうです。それぞれの木のところに二人ずつが立ち、鞠を受けた人が下に落とさずに二回蹴り、三回目で次の人に渡すのだそうです。

その他にも、唐《とう》（中国）から伝えられた双六《すごろく》や碁《ご》、貝合《かいあわせ》などの遊びも行われました。また、男性は弦楽器《げんがっき》や管楽器、女性は弦楽器を多く演奏し、琴《こと》、箏《そう》、琵琶《びわ》、横笛《よこぶえ》なども演奏されたそうです。

奈良時代に中国や朝鮮《ちょうせん》半島から伝えられた舞楽《ぶがく》は、平安時代に入って「雅楽《ががく》」として整えられました。また、もとは民衆に伝承された歌謡《かよう》が、「催馬楽《さいばら》」や「神楽《かぐら》」、「東遊《あずまあそび》」などとして整えられるようにもなりました。

5 『伊曾保物語』――馬の大失敗

ある人、犬の子をいといたは《ワ》りけるにや、その主人、外より帰りける時、かの犬の子そのひざにのぼり、胸に手をあげ、口のほとりをなめまわる。これによりて、主人、愛することいやましなり。馬ほのかにこのさまを見て、うらやましくや思ひ《イ》けん、あっぱれ我《われ》もかやう《ヨ》にこそしはべらめと定めて、ある時、主人、外より帰りける時、馬、主人の胸にとびかかり、顔をなめ、尾を振《ふ》りてなどしければ、主人これを見てはなはだ怒りをなし、棒を取って、もとの厩《うまや》におし入れける。

（『伊《い》曾《そ》保《ほ》物語《ものがたり》』）

この話では、馬が犬のようにご主人さまに愛されたいと願うあまりに起こしたとんだ失敗が、面白おかしく書かれています。その失敗を、左のようにまとめました。本文を読んで□の中に入る言葉を考えてみてください。（すべて漢字一文字です。）

犬の子は主人のひざにのぼり、①に手をあげ、②のまわりをなめまわすことで、主人に③されました。一方、馬は主人の胸にとびかかり、④をなめ、⑤を振ることで、主人の怒りをかいました。

答え　①胸　②口　③愛　④顔　⑤尾

【口語訳】

ある人が、犬の子をたいへんにかわいがっていたからか、その主人が帰ってきた時、その犬の子はその人のひざの上にのり、胸に手を上げ、口のまわりをなめまわした。これによって、主人は犬をますます愛するようになった。馬はちらりとこの様子を見て、うらやましく思ったのだろうか、ああ私もこのようにしようと決めて、ある時、主人が帰ってきた時、馬は主人の胸にとびかかり、顔をなめ、尾を振ったりすると、主人はこれを見てたいそう腹を立て、棒を取って、もとの馬小屋に押し入れた。

馬は犬と主人の親しい関係を見て、自分も同じようなことをすれば主人と親しくなれると考えますが、結果は逆に怒りをかってしまいます。この話を通して、作者は「自分と相手との関係を考えて接し方をわきまえるべきである」という教訓を伝えています。

◆『伊曾保物語』は『イソップ物語』を翻訳《ほんやく》したものですが、訳者は分かっていません。江戸時代初期に刊行されました。動物を主人公としたたとえ話、ユーモアをまじえながら生きていくための教訓を書いた話が多くあります。

一五九三年にはローマ字で書かれた『伊曾保物語』も刊行されました。

6 『古今著聞集』――泥棒が改心したきっかけは？

博雅三位《はくがのさんみ》の家に、盗人《ぬすびと》入《い》りたりけり。三位、板敷《いたじき》の下に逃げかくれにけり。盗人帰り、さて後《のち》、はひ《イ》出《い》でて家の中を見るに、残りたる物なく、みなとりてけり。□一つを置物厨子《おきものずし》に残したりけるを、三位とりて吹かれたりけるを、出でてさりぬる盗人、はるかにこれを聞きて、感情おさへ《エ》がたくして、帰りきたりて言ふ《ウ》やう《ヨ》、ただ今の御《おん》□の音《ね》をうけたまは《ワ》るに、あは《ワ》れに尊《とうと》く候《そうら》ひ《イ》て、悪心《あくしん》みなあらたまりぬ。とる所の物どもことごとくにかへ《エ》したてまつるべし。と言ひ《イ》て、みな置きて出でにけり。

（『古今著聞集《ここんちょもんじゅう》』）

盗人はあるものがきっかけになって心を改め、盗んだものを返すことにしました。さて、そのきっかけとなった、□に入るあるものとは何でしょうか。

ア　**お守《まも》り**
イ　**篳篥《ひちりき》**（雅楽《ががく》などで使う管楽器の一つで、漆《うるし》を塗《ぬ》った竹の管で作られた縦笛《たてぶえ》）
ウ　**三味線《しゃみせん》**
エ　**経典《きょうてん》**（仏《ほとけ》の教えが書かれた、お経《きょう》の本）

篳篥

答え　イ

【口語訳】

博雅三位の家に泥棒《どろぼう》が入った。三位は、板敷きの下に逃げ隠れていた。泥棒が帰り、その後、床下《ゆかした》からはい出して家の中を見ると、残っている物はなく、すべて取っていっていた。篳篥一つを置物厨子に残してあったのを、三位が手にとってお吹きになると、去っていった泥棒が遠くからこれを聞いて、感情をおさえられなくなって、もどってきて言うことには、「ただ今の篳篥の音色《ねいろ》をお聞きしているうちに、しみじみと趣《おもむき》があり尊く感じて、悪い心がすっかり改まりました。盗んだものはすべてお返ししましょう。」と言って、みんな置いて出て行った。

本文の「□の音」や「吹かれたり」をヒントにすれば、□が楽器であることが分かるでしょう。三味線は十五～十六世紀に成立したと考えられていて、和楽器の中では、比較的歴史が浅いと言えます。ゆえに、まだこの時代にはありませんから、篳篥が入るということになります。

◆『古今著聞集』は、約七百の話を勅撰《ちょくせん》和歌集（天皇や上皇《じょうこう》の命令で編集された歌集）の形式に従って三十編に分類した説話集《せつわしゅう》です。編者は橘《たちばなの》成季《なりすえ》で、鎌倉時代《かまくらじだい》に書かれました。あとがきに、編集の目的が絵画の題材集めだったことが記されています。

7 『宇治拾遺物語』――敬語の使われ方でわかること

今は昔、唐《とう》に、孔子《こうし》、道を行き給《たモウ》ふに、八つばかりなる童《わらわ》にあひ《イ》ぬ。孔子に①問《と》ひ《イ》申《もう》すやう《ヨ》、「日の入《い》る所と洛陽《らくよう》と、いづ《ズ》れか遠き。」と。孔子②いらへ《エ》給《たモウ》ふやう《ヨ》、「日の入る所は遠し。洛陽は近し。」童の申すやう《ヨ》、「日の出で入《い》る所は見ゆ。洛陽はまだ見ず。されば日の出づる所は近し、洛陽は遠しと思ふ《ウ》。」と申しければ、孔子、「かしこき童なり。」と、感じ給ひ《イ》ける。

（『宇治拾遺物語《うじじゅういものがたり》』）

この話の登場人物は、童（子ども）と孔子の二人です。孔子は中国の学者で、儒教《じゅきょう》を作った人です。儒教は中国思想のもととなり、後世《こうせい》に大きな影響《えいきょう》を与えました。今でも世界的に有名な『論語《ろんご》』は、孔子の考えをまとめた本です。

それでは、――線①、②は、それぞれだれがだれに対してしたことでしょうか。（　）内の意味をヒントに、考えてみましょう。

――線①　「問《と》ひ《イ》申《もう》す」（たずねて申し上げる）

――線②　「いらへ給《たモウ》ふ」（お答えになる）

答え ① 童が孔子に対して ② 孔子が童に対して

【口語訳】

今となっては昔のことだが、中国で、孔子が道を進まれていたところに、八つぐらいの子どもに会った。その子が孔子にたずねて申し上げるには、「日が沈《しず》む所と洛陽と、どちらが遠いのですか。」と。孔子がお答えになるには、「日が沈む所が遠い。洛陽は近いのだよ。」子どもが申し上げるには、「日が昇《のぼ》ったり沈んだりする所は見える。でも洛陽はまだ見ていない。だから、日が出る所は近くて、洛陽は遠いのだと思う。」と申し上げたので、孔子は、「賢《かしこ》い子どもだ。」と、感心なさった。

――線①の「申す」(申し上げる)、②の「給ふ(～なさる、～される)」は敬語《けいご》です。敬語とは、自分よりも年上の人や立場が上の人に使う言葉です。――線①、②の敬語はどちらも孔子に対して使われていますが、種類が異なるのです。

①の「申す」は「謙譲語《けんじょうご》」という種類の敬語で、主語は童です。謙譲語は、自分を低く置いて相手を高めます。ここでは主語の童を低く置き、孔子を高めています。

②の「給ふ」は「尊敬語《そんけいご》」という種類の敬語で、主語は孔子です。尊敬語は、主語の人物に対して使われます。ここでは主語の孔子を高めています。

8 『徒然草』——主語の省略

神無月《かんなづき》のころ栗栖野《くるすの》といふ所を過ぎて、ある山里に尋《たず》ね入《い》る事侍《はべ》りしに、遥《はる》かなる苔《こけ》の細道を①踏《ふ》みわけて、心ぼそく住みなしたる庵《いおり》あり。木《こ》の葉に埋《うず》もるるかけ樋《い》のしづく《ズ》ならでは、つゆおとなふ《ノウ》物なし。あか棚《だな》に菊《きく》・紅葉《もみじ》など②折りちらしたる、さすがに住む人のあればなるべし。

（『徒然草《つれづれぐさ》』）

この話には、作者がある山里をたずねた時に出会った一軒《いっけん》の庵について感じたことが書かれています。

それでは、——線①、②を行ったのは、それぞれだれでしょうか。

あか棚というのは、仏様《ほとけさま》にお供《そな》えする水や花などを置く棚のことです。ちなみに、「あか棚」の「あか」の語源はアクア（aqua、意味は「水」）と同じです。

——線①「踏《ふ》みわけて」

——線②「折りちらしたる」

あか棚

答え　①　作者（吉田兼好《よしだけんこう》）　②　庵の主人（庵に住む人）

【口語訳】

十月ごろ、栗栖野という所を過ぎて、ある山里へたずね入ったことがありましたが、遥かに続く苔の生えた細道を踏みわけて行った所に、ものさびしい様子で住んでいる庵があった。木の葉に埋もれたかけ樋のしずくの他には、少しも音をたてるものがない。あか棚に菊・紅葉などをそれとなく置いてあるのは、やはり住んでいる人がいるからであろう。

動作をした人を示す語を主語《しゅご》と言いますが、古文《こぶん》の中で、主語は最も多く省略されます。主語が何かは、述語《じゅつご》（動作を示す語）やまわりの文章から推測することができます。

また、人物が最初に登場した時や発言・行動などをマークしておくことも重要です。敬語も、それがだれに対して使われているかで、人物を特定するのに役立ちます。

◆『徒然草』は、鎌倉時代《かまくらじだい》に吉田兼好によって書かれた随筆集《ずいひつしゅう》で、兼好の見聞《けんぶん》を中心に、人生・社会・自然についての考えが述べられています。仏教的な無常観《むじょうかん》が根底に流れていると言われています。

吉田兼好は三十歳ごろに出家《しゅっけ》して、世捨《よす》て人《びと》となったので、兼好法師《ほうし》とも呼ばれました。

9 『奥の細道』――俳句の入った古文に挑戦！

予《よ》もいづ《ズ》れの年よりか片雲《へんうん》の風にさそはれて漂泊《ひょうはく》の思ひ《イ》やまず、海浜《かいひん》にさすらへ《エ》、去年の秋、江上《こうしょう》の破屋《はおく》に蜘蛛《くも》の古巣をはらひ《イ》て、やや年も暮れ、春立てる霞《かすみ》の空に白河《しらかわ》の関越《せきこ》えんと、そぞろ神の物につきて心をくるは《ワ》せ、道祖神《どうそじん》の招きにあひ《イ》て、取るもの手につかず、股引《ももひき》の破れをつづり、笠《かさ》の緒《お》付けかへ《エ》て、三里《さんり》の灸《きゅう》すうるより、松島の月まづ《ズ》心にかかりて、住めるかたは人に譲《ゆず》り、杉風《さんぷう》が別墅《べっしょ》に移るに、

草の戸も住み替は《ワ》る代《よ》ぞ雛《ひな》の家

表八句《おもてはっく》を庵《いおり》の柱に懸《か》け置く。

（『奥《おく》の細道《ほそみち》』）

この『奥の細道』は、松尾芭蕉《まつおばしょう》が旅をする中で見たり聞いたり思ったりしたことをまとめた紀行《きこう》文《ぶん》で、随所《ずいしょ》に俳句《はいく》が載《の》せられています（五七ページ参照）。

この文章では、どこかを巡《めぐ》る旅に出発するにあたっての芭蕉の思いがつづられていますが、それはどこでしょうか。文章の中にヒントが隠されていますよ。

ア　北海道　　ウ　奥羽《おうう》・北陸
イ　四国　　エ　京都・大阪

答え　ウ

【口語訳】

私もいつのころからか、ちぎれ雲を漂《ただよ》わせる風に誘《さそ》われて、あてのない旅に出たいという思いが抑《おさ》えられず、海岸をさすらい歩き、去年の秋、川のほとりのぼろ家に帰り蜘蛛の巣をはらって暮らしているうちに、やがて年も暮れ、春になって霞のたちこめる空の下で白河の関をこえようと、心はただもうそわそわさせられ、道祖神がまねいているようで、何をしても手につかないので、ももひきの破れをつくろい、笠のひもを付けかえて、三里に灸をすえると、松島の空にうかぶ月がまず気にかかって、住んでいた家は人にゆずり、弟子《でし》の杉風の別宅にうつる時に、

ぼろ家も人が住みかわり、（私の住んでいたころとは変わって）雛人形の飾《かざ》られる家になったのだ。

この句をはじめとした表八句を庵の柱に懸けて置いた。

文章の中に「白河の関」や「松島」という地名が登場してくるのがヒントになったでしょう。

◆『奥の細道』は、松尾芭蕉によって江戸時代に書かれました。芭蕉は世俗《せぞく》を捨て、旅をくり返す中で多くの俳句を作り、江戸時代初期にはまだ言葉遊びにすぎなかった俳諧《はいかい》（四八ページ参照）を芸術の域へと押し上げました。他にも『野ざらし紀行』や『笈《おい》の小文《こぶみ》』などの紀行文があります。

10 『更級日記』——どんな気持ちか考えよう

冬になりて上《のぼ》るに、大津といふ《ウ》浦《うら》に、舟《ふね》に乗りたるに、その夜雨風《よあめかぜ》、岩もうごくばかり降りふぶきて、神さへ《エ》なりてとどろくに、浪《なみ》のたちくるおとなひ《イ》、風のふきまどひ《イ》たるさま、恐ろしげなること、命かぎりつと思ひ《イ》まどは《ワ》る。岡の上に舟をひき上げて夜をあかす。雨はやみたれど、風なほ《オ》ふきて舟出《い》ださず。ゆくへ《エ》もなき岡の上に、五六日《いつかむゆか》と過ぐす。から《ロ》うじて風いささかやみたるほど、舟のすだれまき上げて見わたせば、夕汐《ゆうしお》ただみちにみち来るさま、とりもあへ《エ》ず、入江《いりえ》の鶴《たづ》の、こゑ《エ》を《オ》しまぬもを《オ》かしく見ゆ。

（『更級日記《さらしなにっき》』）

登場人物が何を思っているか、あるいは気持ちがどう変化していったかなどを考えることは、物語を読む上でとても大切なことですね。さて、傍線の「をかしく見ゆ」の時の作者の心情に最も適しているのは、次のア〜ウのどれでしょうか。

ア　潮が満ちて鶴《つる》があわてて騒《さわ》いでいるのをおもしろがっている。

イ　激しい雨風がやっと落ち着いてきて少しほっとしている。

ウ　いつまでここにいなくてはならないかといらいらしている。

答え　イ

【口語訳】

冬になって（和泉《いずみ》の国から都へと）上る時に、大津という浦で舟に乗ったところ、その夜雨風が、岩も動かすほどに吹《ふ》き荒《あ》れて、雷《かみなり》までが鳴ってひびきわたり、波の打ち寄せる音や、風が吹き荒れている様子の恐《おそ》ろしいこと、私の命ももうおしまいだと思い心が乱れた。陸の上に舟をひき上げて、夜を明かす。雨はやんだけれど、風はまだ吹いていて、舟は出せない。落ち着かず心細い陸の上で、五日、六日と過ごす。ようやく風が少しやんだ時、舟のすだれをまき上げて見わたすと、夕潮《ゆうしお》がどんどん満ちてくる様子はあっという間で、（満ち潮に驚《おどろ》いた）入江の鶴がしきりに鳴きさわぐのも趣《おもむき》深く見える。

作者は雷も鳴る激しい雨風の中を舟でゆられ、その後陸に上がりますが、相変わらず外は風が吹き荒れて、不安な日々をおくります。そして、五、六日たったところでやっと風も弱まり、外で鶴が鳴いているのを趣深く見ているのです。ここでは、少しほっとしていると考えるのが適当でしょう。

ちなみに、本文の二行目に出てくる「神」とは、ここでは雷のことです。

◆『更級日記』は平安時代に書かれたもので、作者の菅原孝標《すがわらのたかすえ》の女《むすめ》が少女時代から晩年までのことを思い出して書いた日記文学です。

11 有名な古典文学を覚えよう――君はいくつ知っている？

①～⑧は有名な古典《こてん》文学の作品です。それぞれの作者、作品の特徴《とくちょう》を下から選びましょう。これまでに出てきたものも、出てこなかったものもありますよ。

① 雨月《うげつ》物語
② 源氏《げんじ》物語
③ 枕草子《まくらのそうし》
④ 平家《へいけ》物語
⑤ 徒然草《つれづれぐさ》
⑥ 土佐《とさ》日記
⑦ 奥《おく》の細道《ほそみち》
⑧ 更級《さらしな》日記

〈作者〉
ア　紀貫之《きのつらゆき》
イ　菅原孝標《すがわらのたかすえ》の女《むすめ》
ウ　作者不詳《ふしょう》
エ　松尾芭蕉《まつおばしょう》
オ　紫式部《むらさきしきぶ》
カ　清少納言《せいしょうなごん》
キ　上田秋成《うえだあきなり》
ク　吉田兼好《よしだけんこう》

〈作品の特徴〉
ケ　「つれづれなるままに」で始まる随筆《ずいひつ》。根底に無常《むじょう》観《かん》が流れる。
コ　旅日記。わが国最初のかな書き日記。
サ　光源氏《ひかるげんじ》を主人公にした物語文学の最高峰《さいこうほう》。
シ　江戸時代に読本《よみほん》として出版された怪異《かいい》小説集。
ス　琵琶法師《びわほうし》によって平曲《へいきょく》として語られた軍記物語。
セ　旅先での体験を俳句《はいく》を交えて書いた紀行文《きこうぶん》。
ソ　宮廷《きゅうてい》生活の中で自然や人生について書いた随筆集。
タ　少女時代から晩年までを書いた日記文学。

答え

①…キ、シ　②…オ、サ　③…カ、ソ　④…ウ、ス
⑤…ク、ケ　⑥…ア、コ　⑦…エ、セ　⑧…イ、タ

① 雨月物語──上田秋成──江戸時代に読本として出版された怪異小説集。
② 源氏物語──紫式部──光源氏を主人公にした物語文学の最高峰。
③ 枕草子──清少納言──宮廷生活の中で自然や人生について書いた随筆集。
④ 平家物語──作者不詳──琵琶法師によって平曲として語られた軍記物語。
⑤ 徒然草──吉田兼好──「つれづれなるままに」で始まる随筆。根底に無常観が流れる。
⑥ 土佐日記──紀貫之──旅日記。わが国最初のかな書き日記。
⑦ 奥の細道──松尾芭蕉──旅先での体験を俳句を交えて書いた紀行文。
⑧ 更級日記──菅原孝標の女──少女時代から晩年までを書いた日記文学。

Ⅳ 漢文のクイズ

峨眉山月半輪ノ秋
影ハ入リテ二平羌江水ニ一流ル

★漢文いきなりクイズ——二度読む字

漢文には、二度読む字があります。再読《さいどく》文字と言います。返《かえ》り点《てん》（一一三〜一一六ページで説明します）を無視して一度読み、返り点に従ってもどってもう一度読む決まりのある文字です。

一回目は副詞として読み、二回目は動詞や助動詞として読みます。皆さんのよく知っている文字もあります。たとえば、「未」や「将」です。「未来」とか「将来」のように使う文字です。

「未来」「将来」に返り点をつけると、

未《ダ》レ来《ラ》。　それを読むと　↓　未《いま》だ来《きた》らず。（まだ来ない。）

このように、未は「いまだ〜せず。」と読みます。

将《ニ》レ来《ラント》。　それを読むと　↓　将《まさ》に来《きた》らんとす。（今にも来そうだ。）

このように、将は「まさに〜せんとす。」と読みます。

それでは、次の「未」の熟語はどのように読んだらよいでしょう。

① **未《ダ》レ決《セ》。**　　③ **未《ダ》二発見《セ》一。**

② **未《ダ》レ熟《セ》。**　　④ **未《ダ》二曾《かつテ》有《ラ》一。**

答えは一一六ページ

1 漢文入門クイズ――漢文を読むには、まず送り仮名をつけよう

漢字は、私たちの生活になくてはならない、身近なものです。しかし、漢字ばかりが並んでいる漢《かん》文《ぶん》は、それだけで「難しそう！」と思う人も多いことでしょう。

しかし、漢字にはなじみがあるのですから、漢文は、読むための法則を覚えてしまえば、英語のようにまったく最初から学ばなければならないことはありません。

そこでまず、ふだん見慣れている漢字の熟語から考えてみましょう。

たとえば、「美人《びじん》」という熟語は、送《おく》り仮《が》名《な》をつけて、「美《うつく》しい人」と日本語読みすることができます。

それでは、次の熟語を日本語読みすると、どうなるでしょうか。

① **見学**

② **再会**

③ **速読**

答え ① **見て学ぶ** ② **再び会う** ③ **速く読む**

このように、それぞれの漢字に送り仮名をつけることで日本語読みすることができます。

漢文に送り仮名をつける時は、漢字の右下にカタカナで小さく書きます。

さきほどの問題に送り仮名をつけると、左のようになります。ただし、漢文は古文《こぶん》ですので、実際の送り仮名は②の（　）内のように古典仮名遣《こてんかなづか》いになります。

① 見テ学ブ

② 再ビ会ウ（再ビ会フ）

③ 速ク読ム

ちなみに、漢字だけで書かれた漢文の原文《げんぶん》を白文《はくぶん》と言います。

唐《とう》の詩人で、杜甫《とほ》の『春望《しゅんぼう》』という詩の第一句《く》目は「国破山河在」ですが、これを、送り仮名をつけて読むと、

国破レテ山河在リ（国破《くにやぶ》れて山河《さんが》あり）

となります。「都が破壊されても、山や河《かわ》はそのままだ」という意味です。

杜甫と『春望』については、五九ページのコラムを見てください。

②　ひっくり返して読もう①――返り点（レ点）をつける

一一一ページの「漢文入門クイズ」で、熟語を日本語読みするには送《おく》り仮名《がな》をつける、ということを見てきました。

それでは、次の熟語を日本語読みしてみてください。

登山

これは「山に登る」と読みます。送り仮名をつけるだけでは読めません。

この場合のように、漢文《かんぶん》で文字を下から上に、ひっくり返して読む時に使うのが「返《かえ》り点《てん》」です。返り点は、漢字の左下に小さく書きます。

「登山」のように、下の文字「山」から、すぐ上の文字「登」に返って読みたい時には、「レ点《れてん》」を使います。左のようにです。

登ルレ山ニ

それでは、次の熟語に送り仮名と返り点（レ点）をつけて、日本語読みしてみましょう。

①　改心　　②　読書　　③　洗顔

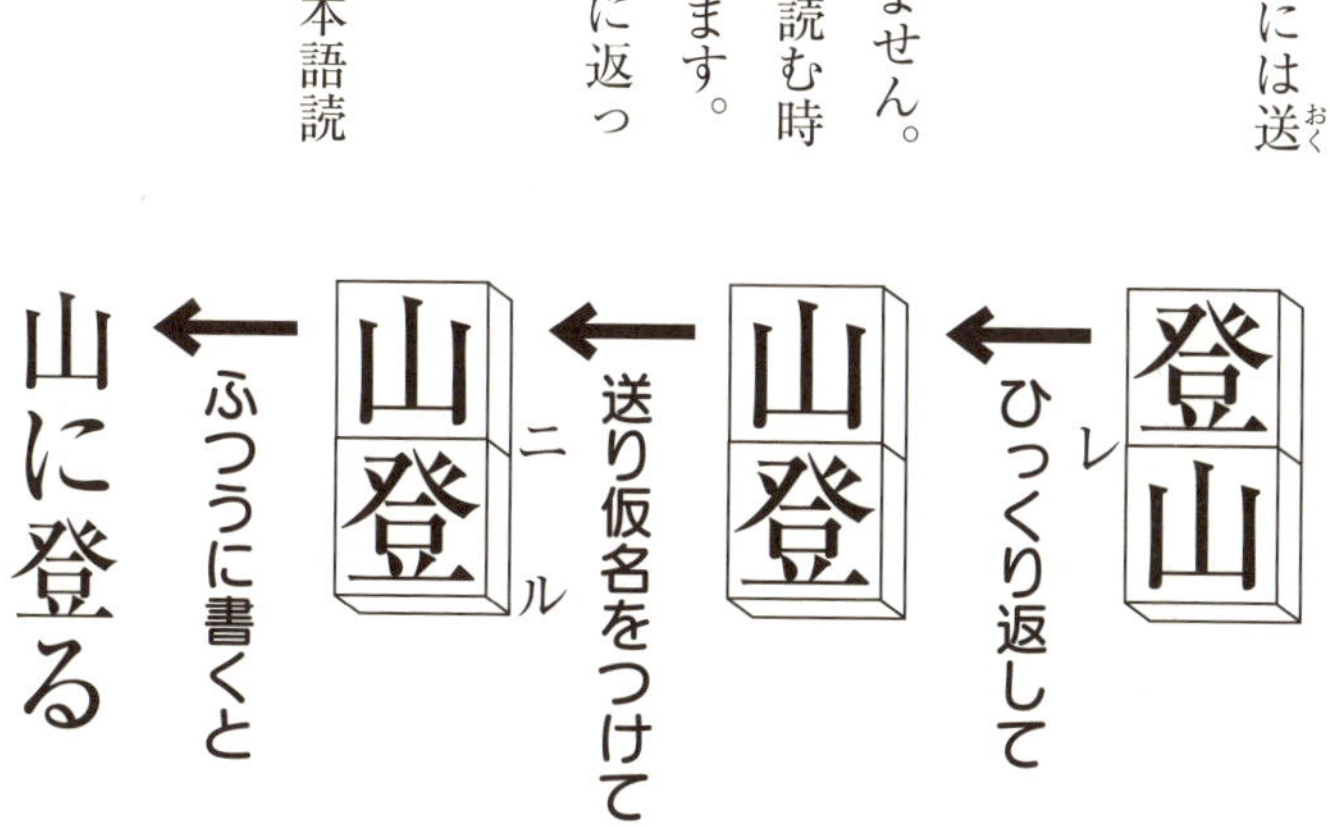

答え

① 改メル㆑心ヲ　心を改める
② 読ム㆑書ヲ　書を読む　※「書」は本。
③ 洗ウ㆑顔ヲ　顔を洗う

同じように、漢文にも「送り仮名」と「返り点」をつけると日本語で読むことができます。

覆水不返盆　※「覆《ふく》」はひっくり返すこと。「覆水《ふくすい》」は器《うつわ》がひっくり返ってこぼれた水。

↓

覆水不㆑返ラ㆑盆ニ　※「盆《ぼん》」は洗面器のような丸く平らな器。

↓

覆水盆《ふくすいぼん》に返《かえ》らず　※「不」は打ち消しの言葉で、日本語の文では助動詞《じょどうし》の「ず」で表します。

このように、漢文を「送り仮名」「返り点」に従って日本語の文になおしたものを「書《か》き下《くだ》し文」と言います。

「覆水盆に返らず」は、「一度こぼれた水が二度と器にもどらないように、一度してしまったことは二度とやりなおしがきかない」という意味の故事成語《こじせいご》です。

3 ひっくり返して読もう②——返り点いろいろ

返《かえ》り点《てん》には「レ点《れてん》」の他にもいくつか種類がありますので、紹介しましょう。

●一二点《いちにてん》……下から二字以上、上に返って読みます。

向《フ》二伊太利亜《ニ》一。（伊太利亜《いたりあ》に向《ウ》ふ。）　＊イタリアに向かう。

●上下点《じょうげてん》……一二点を間にはさんでさらに下から上に返る時に使います。

有《リ》下見《ル》二青空《ヲ》一者上。（青空を見る者有り。）　＊青空を見る者がいる。

では、次の漢文《かんぶん》の書《か》き下《くだ》し文の□に、あてはまる言葉を入れてください。

① 不《ンバ》レ入《ラ》二虎穴《こけつニ》一、不レ得二虎子《こじヲ》一。

□に入《い》らずんば、□を得《え》ず。

＊虎の穴に入らなければ、虎の子を得ることはできない。

② 楚人有《ニリ》下鬻《グ》二盾《たてト》与《とヲ》レ矛《ほこ》者上。

楚人《そひと》に□と□とを鬻《ひさ》ぐ□有《あ》り。

＊楚の国の人に盾と矛とを売る人がいた。

③ 汽車発《はっシ》二東京《ヲ》一、経《ヘテ》二名古屋、京都《ヲ》一、達《ス》二於大阪《ニ》一。

□、□、大阪に達《たっ》す。

答え

① **虎穴**に入らずんば、**虎子**を得ず。

※「危険を冒《おか》さなければ、成果を得ることはできない」という意味の故事成語。

② 楚人に**盾**と**矛**とを鬻ぐ**者**有り。

※故事成語の「矛盾《むじゅん》」（つじつまの合わないこと）の話のはじめの部分。

③ **汽車東京を発し**、**名古屋、京都を経て**、大阪に達す。

※「汽車は東京を出発し、名古屋、京都を経て、大阪に到着した。」という意味。

※明治時代の一般向けの漢文の参考書から取りました。明治の人は今より漢文を書いたり、読んだりすることに一生懸命《いっしょうけんめい》でした。「於」は前置詞です。この場合は英語の at に相当し、「大阪に」の「に」にあたります。

◆漢文を読むのになぜ返り点が必要なのでしょうか。それは、漢文は英語と同じ様に、主語の次に動詞が来て、その後に補語や目的語が来るからです。日本語の文と漢文では語順が違うのです。

日本文……私は（主語）＋山に（補語）＋登る（動詞）。

漢　文……我（主語）＋登（動詞）＋山（補語）。

◆日本に漢文がいつ入ってきたのかは分かっていませんが、中国の書物『後漢書《ごかんじょ》』には、後漢の光武帝《こうぶてい》が西暦《せいれき》五七年に倭《わ》（日本）の奴国《なこく》の国王から送られた使節団に金印を授けたとあります。そして、江戸時代に福岡県の田んぼから発見された金印には「漢委奴国王《かんのわのなのこくおう》」という漢字が刻まれていました。ですから、西暦五七年にはすでに漢字を目にしていたことが分かります。

4 故事成語――漢文を読んでみよう①

故事成語《こじせいご》の「故事」とは、中国の古典《こてん》の中で昔から言い伝えられてきた教訓的な言葉やいわれのことです。そして、その話の一部が日本で慣用句《かんようく》やことわざになったものが故事成語です。皆さんも知っているものがたくさんあるでしょう。

故事成語は、対比して覚えやすく印象に残るように、対句《ついく》になっているものが多くあります。対句とは、「朝三暮四《ちょうさんぼし》」（一見《いっけん》得なように見せかけること）のように、二つの句がそれぞれ対応しながらも異なる意味の言葉から成っている一組の句のことです。「朝三」「暮四」の「朝」と「暮」、「三」と「四」、うまくできていますね。

では、次の漢文《かんぶん》にはどんな故事成語が含《ふく》まれているでしょうか。二つとも対句になっています。送《おく》り仮名《がな》も返《かえ》り点《てん》もなしの白文《はくぶん》の問題です。漢文は勘《かん》文。勘を働かせて答えてください。

① 子曰。温故而知新、可以為師矣。

② 或百歩而後止、或五十歩而後止。以五十歩笑百歩、則何如。

答え ① **温故知新《おんこちしん》** ② **五十歩百歩《ごじっぽひゃっぽ》**

故事成語は、今では私たちの生活の中で慣れ親しんだものとなっています。時にはふだんの会話の中で、また時には生きるための道しるべ、あるいは人生訓として使われています。

●「温故知新」は孔子《こうし》の『論語《ろんご》』の言葉で、「故《ふる》きを温《たず》ねて新《あたら》しきを知《し》る」というように、その意味は「昔のことをよく知り、そこから新しい知識や道理を得る」ということです。

孔子は、「先人《せんじん》の学問や過去の事柄《ことがら》をしっかり研究しなさい。そこから、現実にふさわしい意義が発見できるようならば、あなたは人の師となることができるでしょう。（子曰《しいわ》く。故きを温ねて新しきを知れば、以《もっ》て師《し》と為《な》るべし。）」とおっしゃったのです。

●「五十歩百歩」は『孟子《もうし》』の言葉で、意味は「どっちにしても大差がない」ということです。

梁《りょう》の恵王《けいおう》が、ある日孟子に尋《たず》ねました。「私は常日頃《つねひごろ》から国民に対して精一杯の心配りをしているつもりだ。それなのに、自分を慕《した》って人々がこの国に集まってこないのはどうしてか。」

孟子は、それに対してこう答えます。「戦場で二人が怖《こわ》くなって逃げ出しました。一人は百歩逃げて踏《ふ》みとどまり、もう一人は五十歩逃げて踏みとどまりました。そこで、五十歩逃げた者が、もう一人を百歩逃げたといって臆病者扱《おくびょうものあつか》いしました。王は、これをどう思われますか。（或《あるい》は百歩にして後止《のちとど》まり、或は五十歩にして後止まる。五十歩を以《もっ》て百歩を笑は《ワ》ば、則《すなわ》ち何如《いかん》と。）」

それに対し王は、「二人とも逃げたことに変わりはない」と答えました。そこで、孟子は「王がよかれと思ってしていることも、実は他の国とあまり変わらないのです」と答えたそうです。

5　漢詩——漢文を読んでみよう②

漢詩《かんし》とは、漢文《かんぶん》によって作られた古典詩《こてんし》で、主に中国で作られたもののことを言います。漢詩の最《さい》盛期《せいき》は唐《とう》の時代で、日本でも有名な「詩仙《しせん》」と呼ばれる李白《りはく》、「詩聖《しせい》」と呼ばれる杜甫《とほ》を中心に、優れた詩人が多数出ました。

次の詩は、その唐の時代の優れた詩人の一人である孟浩然《もうこうねん》が書いたものです。

この詩は、ある季節のことをうたった詩ですが、□にも入るその季節は、「春」「夏」「秋」「冬」のうちどれでしょうか。また、◯に入る文字は、「大」「少」のどちらでしょうか。

□暁　　孟浩然

□眠不覚暁　□眠暁《あかつき》を覚えず
処処聞啼鳥　処処啼鳥《しょしょていちょう》を聞く
夜来風雨声　夜来風雨《やらいふうう》の声
花落知多◯　花落つること知る多◯

答え　春　少

【口語訳】

春の眠りは気持ちよく、うつらうつら眠っていると夜が明けたのにも気がつかなかった。

あちこちで鳥の鳴き声が聞こえる。

そういえば昨夜は雨や風の音が聞こえたけれど、

花はどれほど散ってしまったことだろう。　※「多少」は「どれほど」の意味。

◆孟浩然は自然の美をうたうのが得意だった詩人で、この『春暁《しゅんぎょう》』は彼の作品の中でも特に有名な詩です。特に第一句「春眠暁を覚えず」は、日本でもよく使われる言葉でみなさんも聞いたことがあるかもしれませんね。「春暁」とは春の明け方という意味で、春の朝ののどかな様子を表すと同時に、春が行ってしまう寂《さび》しさも詩の中に描《えが》いています。

◆漢詩は形式が決まっていて、四行でできているものを「絶句《ぜっく》」と言います。一行が五字なら五言《ごごん》絶句、七字なら七言《しちごん》絶句です。また、八行でできているものを「律詩《りっし》」と言います。一行が五字なら五言律詩、七字なら七言律詩です。ですから、この『春暁』は、五言絶句です。

◆漢詩には脚韻《きゃくいん》と言って、偶数《ぐうすう》行の最後の字を同じ音のグループにする決まりがあります。ただし七言詩は一行目も韻を踏《ふ》むことになっています。『春暁』は五言詩ですが、一行目も踏んでいます。〔暁・鳥・少〕が韻字です。音読みにするとなんとなく似ていますね。「大」では韻が違います。

コラム4　風林火山

日本の戦国時代の武将の一人である武田信玄《たけだしんげん》の旗印《はたじるし》が、「風林火山《ふうりんかざん》」という四文字であったことはよく知られています。

この言葉の出典《しゅってん》は、中国の春秋《しゅんじゅう》戦国時代の兵法書である『孫子《そんし》』十三篇《じゅうさんぺん》の中の「軍争篇《ぐんそうへん》」によります。

其疾如風、　其《そ》の疾《はや》きこと風の如《ごと》く、
其徐如林、　其の徐《しず》かなること林の如く、
侵掠如火、　侵掠《しんりゃく》すること火の如く、
難知如陰、　知り難《がた》きこと陰《かげ》の如く、
不動如山、　動かざること山の如く、
動如雷霆。　動くこと雷霆《らいてい》の如し。

『孫子』十三篇の中でも、「軍争篇」は、戦闘《せんとう》時の心掛《こころが》けを説《と》いたもので、正攻法《せいこうほう》と奇襲《きしゅう》攻撃《こうげき》を組み合わせ、時には素早く、また時には静かに待つことも必要だというように、臨機応変《りんきおうへん》、変幻自在《へんげんじざい》の作戦をとることが勝利につながることが強調されている篇です。

宿敵《しゅくてき》であった上杉謙信《うえすぎけんしん》と争いながら、全国統一を夢見た武田信玄は、紺地《こんじ》の軍旗に「風林火山」の四文字を白色で染め抜《ぬ》き、常に陣頭《じんとう》にこの旗を掲《かか》げて軍を進めたそうです。『孫子』の「軍争篇」には、「難知如陰、」の節と「不動如山、」の節が逆に記されている版があったそうで、信玄はこの版を元に最初の四節から「風林火山」の四文字を取り出したと言われています。

風……自軍が有利な状況にある時は、あたかも疾風《しっぷう》のように敏速《びんそく》に行動する。

林……自軍から動くと不利な状況にある時は、あたかも静かな林のようにじっとしている。

火……敵軍を攻撃するのに最適な時だと判断すれば、列火《れっか》のごとき勢いで襲《おそ》いかかる。

陰……自軍の様子を敵軍に知られないようにするには、暗闇《くらやみ》に姿をひそめるようにこっそりと隠れる。

山……自軍が動かない方がよいと判断した時は、泰山《たいざん》のごとくどっしりと構える。

雷……敵軍に攻撃を仕掛《しか》ける時は、雷《かみなり》の稲妻《いなずま》のように激《はげ》しく打ち砕《くだ》く。


武田信玄は、兵法書『孫子』の言葉を大切にしながら、自らも数々の名言を残しています。民謡《みんよう》「武《たけ》田節《だぶし》」の歌詞の一節にある、

人は石垣、人は城、情けは味方、仇《あだ》は敵

なども その一つです。信玄は、配下にいる人たちを簡単に便利に利用するだけでなく、その人の得意とする技量を見極め、情のこもった「人使い」をしたと言われます。武田軍は、信玄が発する巧《たく》みな言葉もあって強固にまとまり、近隣《きんりん》諸国から恐《おそ》れられた戦闘集団でした。

武田軍の「風林火山」の旗の文字を書いたのは、快川紹喜《かいせんじょうき》和尚《おしょう》であったと言われています。この快川和尚は、信玄が深く帰依《きえ》した武田家の菩提寺《ぼだいじ》である恵林寺《えりんじ》の僧《そう》で、織田《おだ》軍に寺が包囲《ほうい》された時に「心頭《しんとう》滅却《めっきゃく》すれば火もまた涼《すず》し」という言葉を発して非業《ひごう》の死を遂《と》げた人としても知られています。

6 狂詩――日本で生まれたユーモア漢詩

俳句《はいく》に川柳《せんりゅう》、和歌（短歌）に狂歌《きょうか》があるように、漢詩《かんし》にもユーモアを主題にした狂詩《きょうし》というものがあります。江戸時代に盛んに作られました。

では、次の狂詩の題をア～ウの中から選んでください。作者は愚仏《ぐぶつ》という人です。狂詩ですから、ふつうの漢詩とは違いますが、外見は七言絶句《しちごんぜっく》と違いません。

椀椀椀亦椀椀
亦亦椀椀又椀椀
夜暗何疋頓不分
始終只聞椀椀椀

ア　お椀《わん》売り
イ　犬の咬合《かみあい》
ウ　猫《ねこ》の喧嘩《けんか》

答え　イ

書き下し文にすると、次のようになります。

椀《わん》椀《わん》椀《わん》亦《また》椀《わん》椀《わん》
亦《また》亦《また》椀《わん》椀《わん》又《また》椀《わん》椀《わん》
夜《よる》暗くして、何疋《なんびき》か頓《とん》と分《わか》らず
始終《しじゅう》只《ただ》聞く椀椀椀《わんわんわん》

一、二、四行目と、ちゃんと韻《いん》も踏《ふ》んでいます。「椀《わん》」はお椀ではなく、犬の鳴き声の擬声語《ぎせいご》です。

この詩を声に出して読んでみてください。おみごとと言いたくなります。

◆一つの詩に五つも地名が入っている詩

唐《とう》の大詩人で「天才」と讃《たた》えられた李白《りはく》の七言絶句です。長江《ちょうこう》上流の五つの地名（傍線《ぼうせん》の箇所《かしょ》）を使い、清らかで雄大な秋の姿を歌っています。蛾眉山《がびさん》は四川省《しせんしょう》の有名な山。標高三三八〇メートル。

蛾眉山月歌

蛾眉山月半輪秋
影入平羌江水流
夜発清渓向三峡
思君不見下渝州

蛾眉山月《さんげつ》の歌

蛾眉山月　半輪《はんりん》の秋《あき》
影《かげ》は平羌《へいきょう》　江水《こうすい》に入《い》りて流る
夜清渓《せいけい》を発して三峡《さんきょう》に向ふ《ウ》
君《きみ》を思へ《エ》ども見えず　渝州《ゆしゅう》に下《くだ》る

※蛾眉山にかかった月の歌
※「半輪」は半月のこと。
※「影」は月の光のこと。
※夜、清渓から長江を下り三峡へ。
※「君」は山月のこと。

《「いきなりクイズ」の答え》

★短歌いきなりクイズ（八ページ）の答え

※答えの下に、その枕詞が使われている和歌を紹介します。

① **とぶとりの** 明日香　飛《と》ぶ鳥《とり》の明日香《あすか》の里《さと》を置《お》きて去《い》なば君《きみ》があたりは見《み》えずかもあらむ　元明天皇《げんめいてんのう》

② **たらちね** の母　たらちねの母が手放《てはな》れ斯《か》くばかり為方《すべ》なき事《こと》はいまだ為《せ》なくに　読人《よみびと》しらず

③ **うつせみの** 世　うつせみの命《いのち》を惜《お》しみ波《なみ》に濡《ぬ》れ伊良虞《いらご》の島《しま》の玉藻《たまも》刈《か》り食《は》む　麻続王《おみのおおきみ》

④ **あしひきの** 山　あしひきの山鳥《やまどり》の尾《お》のしだり尾のながながし夜《よ》をひとりかも寝《ね》む　作者不詳《さくしゃふしょう》

⑤ **やくもたつ** 出雲　八雲《やくも》立《た》つ出雲《いずも》八重垣《やえがき》妻籠《つまご》みに八重垣作《つく》るその八重垣を　須佐之男命《すさのおのみこと》

もともとは枕詞にも意味があったようですが、しだいにその意味は忘れられてしまって、和歌の調子を合わせるために決まった語句の上にかぶせられるようになりました。ふつう、枕詞は訳しません。

★俳句いきなりクイズ（四六ページ）の答え

① 夏の月ごゆより出て **赤坂** や　（季語《きご》／夏の月　季節／夏）

＊夏の月が御油《ごゆ》という宿場《しゅくば》から出て赤坂という宿場に早くも落ちたことよ。

「油」と「赤」で夏の月の暑苦しさを表現しています。御油と赤坂の間は東海道《とうかいどう》で一番距離《きょり》が短いところ。

② **星崎** の闇を見よとや啼千鳥　（季語／千鳥　季節／冬）

＊星崎というところの夜の闇の深さを見よとでもいうように、千鳥が鳴くことだ。闇に星が一つ耀《かがや》いています。

③ 行春を近江の人とおしみける　（季語／行春　季節／春）

＊春が過ぎていくのを近江の人と残念に思っていることだ。

近江といえば、琵琶湖《びわこ》です。湖水の春が背景に浮《う》かび上がります。

★古文いきなりクイズ（八四ページ）の答え

下図参照

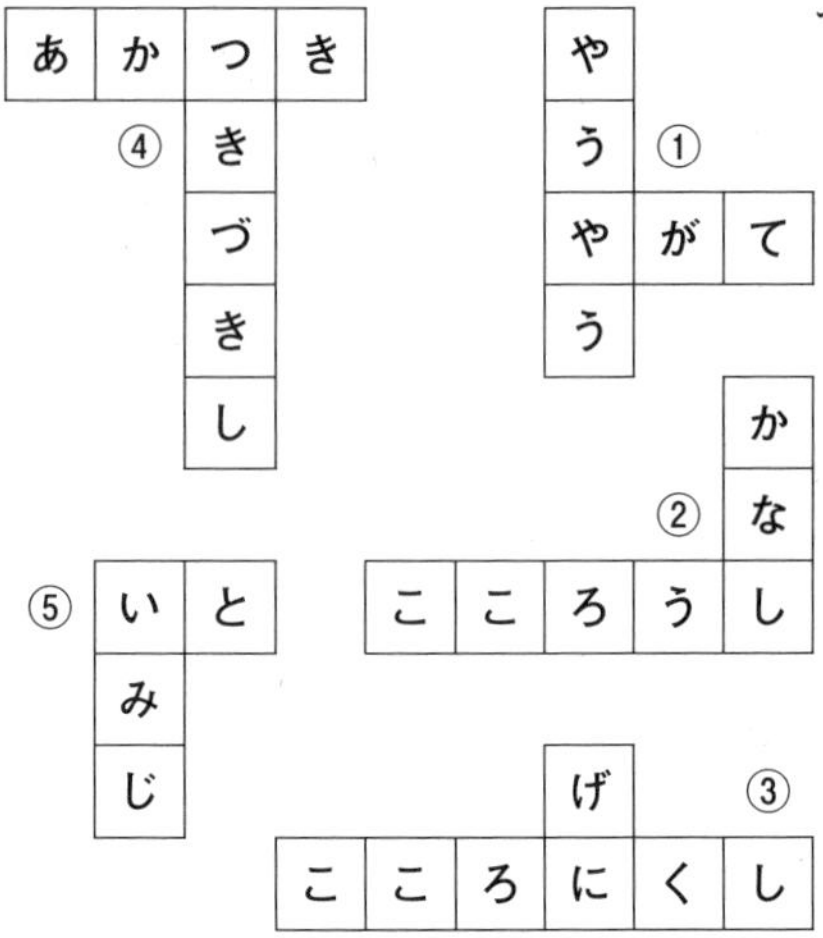

★漢文いきなりクイズ（一一〇ページ）の答え

① **未だ決せず。**（まだ決まっていない。）

② **未だ熟せず。**（まだ熟していない。）

③ **未だ発見せず。**（まだ発見していない。）

④ **未だかつて有らず。**（まだ今まで一度も有ったことがない。）

再読文字は、この他にも

「当然」の「当」…「まさに～すべし。」（～すべきである。きっと～だろう。）

「須知《すち》」の「須」…「すべからく～すべし。」（～しなくてはならない。）

など、いくつかあります。

著者紹介

杉浦重成

慶應義塾幼稚舎教諭。平成元年，慶應義塾大学経済学部卒業。

著書『コピーして使える楽しい漢字クイズ＆パズル＆ゲーム』（黎明書房，1996年）

『増補 コピーして使える楽しい漢字クイズ＆パズル＆ゲーム』（黎明書房，2004年）

『知っているときっと役に立つ難読漢字クイズ104』（黎明書房，2004年）

神吉創二

慶應義塾幼稚舎教諭。平成４年，慶應義塾大学法学部法律学科卒業。

著書『コピーして使える楽しい漢字クイズ＆パズル＆ゲーム』（黎明書房，1996年）

『増補 コピーして使える楽しい漢字クイズ＆パズル＆ゲーム』（黎明書房，2004年）

『知っているときっと役に立つ難読漢字クイズ104』（黎明書房，2004年）

片山壮吾

慶應義塾幼稚舎教諭。平成９年，東京学芸大学教育学部卒業。

著書『知っているときっと役に立つ難読漢字クイズ104』（黎明書房，2004年）

井川裕之

慶應義塾幼稚舎教諭。平成15年，東京学芸大学教育学部卒業。

著書『知っているときっと役に立つ難読漢字クイズ104』（黎明書房，2004年）

＊イラスト：伊東美貴

知《し》っているときっと役《やく》に立《た》つ古典学習《こてんがくしゅう》クイズ55

2009年７月10日　初版発行

著　者　杉浦重成《すぎうらしげなり》・神吉創二《かんきそうじ》
片山壮吾《かたやまそうご》・井川裕之《いがわひろゆき》

発行者　武馬久仁裕

印　刷　株式会社　太洋社

製　本　株式会社　太洋社

発行所　株式会社　黎《れい》　明《めい》　書《しょ》　房《ぼう》

〒460-0002　名古屋市中区丸の内３-６-27 EBSビル

☎052-962-3045　FAX052-951-9065　振替　00880-1-59001

〒101-0051　東京連絡所・千代田区神田神保町1-32-2

南部ビル302号　☎03-3268-3470

落丁本・乱丁本はお取替します　ISBN 978-4-654-01826-0